ベリーズ文庫

不本意ですが、エリート官僚の許嫁になりました

砂川雨路

STARTS
スターツ出版株式会社

目次

不本意ですが、エリート官僚の許嫁になりました

不本意ですが、
エリート官僚の許嫁になりました

プロローグ

戦前に建築された建屋は趣があるといえばそうだけれど、実際、冬はどうしたって寒いし、夏はエアコンが効きづらく暑い。耐震工事は数年前に終えたとしても、最新のオフィスビルなんかに比べたら、ちょっと微妙だ。

私は隣の部署に提出する書類を両手で抱えた。アナログだ。データ保存しておけばいいのに、なぜか紙媒体でも保存したがるこの機関の感覚が、入って二年経ってもわからない。

「お隣に行ってきます」

声をかけると、オフィスに居残っている何人かが返事をしてくれた。しかし、みんな忙しいので、書類を運ぶという明らかな下っ端作業を手伝ってくれる人はいない。いいんだけど。入省三年目の下っ端だし。

ここは財務省特務局。表向きは主計局の一部署だけど、実際は別部署として機能している。オフィスも主計局の隣。

省庁勤務なんて超エリートに聞こえるけれど、実際はただひたすらに忙しい。残業も多いし、毎日新たな仕事に追われている。ちょっとしたブラック企業だと私はひそかに思っている。

廊下に出たところで、私の視界がなくなった。

「ぶあっ！」

おでこと鼻が何かにぶつかった。痛い！

そして私の手にした書類が、上から半分くらい崩れて廊下に散らばるのがわかる。

「翠《みどり》、急に出てくるな」

冷淡な声が降ってきて、ぶつかったのが人間で、しかも私の大嫌いな相手だと気づく。見上げれば、やっぱりそこには憎たらしい男の顔があった。

「豪《ごう》……」

同い年の同僚である斎賀《さいが》豪は、整った顔立ちを迷惑そうに歪《ゆが》めて私を見下ろしている。

相手が誰だか確認できたら、ムカムカと怒りが湧いてきた。私は普通に廊下に出ただけで、急には飛び出してない！

「書類落ちてるぞ」

彼はそう言いながら腰を折り、さっさと書類を拾い、私の持つ束の上に載せた。

「あんたがぶつかってこなければ落ちなかった。だいたい、図体がでっかいのよ。邪魔！」

文句を言って睨《にら》みつけると、馬鹿にしたようなため息をつかれた。

「相変わらず落ち着きがないな」

落ち着きがない？　ぶつかっておいて、何、その態度は。

「何歳になったと思っている。中学生から精神年齢が変わっていないんじゃないか？」

豪は冷たく言い放ち、私の横を抜け、オフィスに入っていった。

確かにあんたは、私が中学生の頃から知ってるもんね。でも私に言わせれば、あんただって中学時代からまったく変わってないわよ。冷たくて横暴で傲慢で。

私はガツガツ足音を響かせながら、隣の主計局に向かう。

「ああ、嫌になる！」

あんな男が私の許嫁《いいなずけ》だなんて。

あと五年以内に結婚しなければならないなんて！

許嫁という時代錯誤な関係

　私の職場である財務省特務局は、表には出てこない部署だ。

　業務内容は各省庁の金の流れの調査監督。要は、大臣や官僚たちが私腹を肥やしていないか見張っている。戦前からある組織で、総理大臣から調査権限も与えられているのだからすごいことだ。

　仕事の特殊性から存在自体が極秘。表向きは主計局の一部署とされている。何しろ、行政機関内に見張り屋がいる事実を、悪いことを平気でしている連中に教えるわけにはいかないじゃない。

　構成メンバーも独特だ。半数は民間から、金融のスペシャリストや調査のスペシャリストを登用している。そしてもう半数は斎賀の一族が占めている。

　斎賀とは、明治政府設立の立役者である斎賀剛三《ごうぞう》の一族であり、歴史の表舞台には出てこないものの、内閣、行政機関に絶大な影響力を持っている。

　ゆえに斎賀の人間は、古くから政府資金の流れを見張る役目を請け負ってきた。この国の金融を裏でつかさどってきたのが斎賀といえる。

現在の特務局局長は斎賀猛《たけし》。斎賀本家の人間で、豪の伯父《おじ》さんにあたる人だ。

「朝比奈《あさひな》、先日の件、頑張ったな」

局長自らの言葉に、私は思わずにんまりしてしまった。

先日の件とは、とある大臣の調査業務だ。不自然な資金の流れがあるという情報が入り、先輩方とチームを組んで調査していたのだ。

「私は、事務方のお手伝いしかしていません。雁金《かりがね》さんと六川《むがわ》さんのお仕事を近くで拝見して、すごく勉強になりました」

雁金さんは元・銀行員で融資担当だった男性。六川さんは警視庁の公安出身。ふたりとも人材登用でヘッドハンティングされてきたスペシャリストだ。

「いや、朝比奈のフォローが的確だったと、ふたりとも褒めていたよ。処理も早くて、若いのに見どころがあるって」

局長の言葉に、なお頬の筋肉が緩む。嬉《うれ》しい。実は連日の残業で死にかけながらこなした仕事だから、評価されると報われた気分になる。二十以上も年上の実力派の先輩たちに褒められたというのも、嬉しくて笑みが止まらない。

「知っての通り、大臣の金の流れに不正があれば、任命責任を問われるのは総理だ。内閣の、ひいては国家の安定のために、俺たちの仕事はある」

きりりとした表情で言う局長は、この特務局を背負って立つのに相応《ふさわ》しい気概を持った人物だ。私は、斎賀本家はあまり好きではない。でも、局長のことは好きだし、尊敬している。

「朝比奈がここを支える人材になることを期待しているよ」

「はい！」

私は負けじと背筋を伸ばしたけれど、嬉しくて顔は締まりなくニコニコしていたと思う。

「局長、ちょっといいですか」

そこへ割り込んできた……というか、私たちの話が終わるのを待っていたのは、斎賀豪だ。

出た～、と私は無意識に顔をしかめる。

局長に継嗣《けいし》がいないので、豪は斎賀本家の跡取り息子。特務局は斎賀の人間が仕切ることが暗黙の了解となっていて、そのしきたりに従うなら、おそらく豪が未来の局長なのだろう。

うんざりすることに、私がここで働き続けるなら、この男は未来の上司だ。そしてもっと近い未来で私の夫になる予定である。本当に恐ろしいことに。

ふたりの仕事についての会話を聞き、下がるタイミングを逸していると、豪が会話の途中にくるりと私の方を見た。

「いつまでも、そこにいなくていいぞ。暇人か」

あんたが変なタイミングで割り込んできたんじゃない。むしろひとこと多くない？

ムカムカしつつ、局長のデスクの前を辞する。

つくづく斎賀 豪は嫌なやつだ。はるか昔からこうなのだから、今さら変わりようがないのは知っている。冷たくて、偉そうで、とんでもなく意地悪で、私のことを心の底から馬鹿にしている。同じ職場も、本当は嫌だった。

パソコンに向き合って別件の仕事をまとめていたら、豪が隣のデスクに戻ってくる。

そう、さらにげんなりすることにデスクまで隣。二十五人が在籍する広くはないオフィスとはいえ、隣にしなくてもいいじゃない。入省三年目だけど、席替えを希望したいと毎日思って過ごしている。

「誤字」

長い指がパソコンの液晶画面を指し、はっとした。豪が指し示す部分は【思われる】が【おもえあれる】になっている。確かに誤字だ。ありがとうと言うのも癪《しゃく》で、口をもぞもぞさせていると、すぐに次を指摘される。

「こっちは誤用」

「あ……」

示された部分に慌ててカーソルを合わせる。急いでタイピングしていたせいだ。

「日本語が不自由とは、かわいそうだな」

豪はいつもの調子で嫌味を言う。

「雁金さんに頼まれた資料なんだろう？　渡す前に俺がチェックしてやろうか？」

半分嫌味、半分親切心なのだろう。でも、そういう態度がムカつくの！

私は苛立《いらだ》ちを隠さずに答える。

「急いでいて変換ミスしただけよ。日本語が不自由とは随分な言い草じゃない。言っておくけど、国語の成績は私の方が上でした」

「ほんの二、三回、定期テストで俺に勝っただけだろう？」

「勝率で言うなら、国語と地歴に関しては私が上、英語はイーブンってところよ」

「英語は祭《まつり》がいたからな」

共通の友人の名前を出し、それから豪は勝ち誇ったようにニヤリと笑う。

「数学と理科、選択の第二外国語のフランス語は俺が全勝だったな。そして、総合得点で、翠が俺に勝てたことはない」

ム～カ～つ～く～！　こういうところが本当に本当に大嫌い！

確かに帝士《ていし》大学付属中学・高校と、豪は一度たりとも他人に総合トップを譲ったことがない。私はどれほど頑張っても二位か三位だった。

だけどね、あんたがトップを張り続けられたのは、私ともうひとりの友人があんたを追撃していたおかげなんだからね。むしろ、私たちに感謝すべきよ。

「体育は私の方ができる」

悔しまぎれに言えば、大きな声で笑われた。

「そう言うと思ったが、女子と男子は体育で競えないだろうが。そして、残念ながらもともとの運動神経も俺の方が上だ。かわいそうに。勝てるところがないな」

誤字誤用から論旨のずれたマウント合戦になってしまった。私たちは、いつもこう。

こんな関係で結婚しろとか、ちゃんちゃらおかしくて、やってらんない。毎日喧嘩《けんか》し続けろってことかしら。安らぎのない家庭は決定だ。

「あんたのそのウザいところ、心底嫌いだわ」

低く告げると、豪もまた冷めた表情で答える。

「奇遇だな。俺もおまえの面倒くさいところが嫌いだ」

私たちは互いに、ぷいと顔をそむけ、仕事に戻った。お腹の中がムカムカしていた。

私の家、朝比奈家は斎賀の分家筋にあたる。

斎賀の名を冠する一族が政府関係者に多い一方で、斎賀の名を持たない一族は民間企業との関わりが深い。官民一体というわけではないが、これが長年、日本を裏で牛耳ってきた斎賀の体制なのだ。

朝比奈はその中でも異質で、代々、芸能関係者が多い。

芸術分野に秀でた家系で、私の母も若い頃は女優をやっていたし、従兄《いとこ》のふたりは役者とピアニストだ。朝比奈の本家を継ぐ伯父も昔は舞台役者を目指していたそうで、今はテレビ局のプロデューサー。

さかのぼれば書家や画家、落語家や文筆家などの文化人を何人も輩出している。並べてみれば、なかなか華やかな一族かもしれない。

そんな家に二十五年前、私、朝比奈 翠は生まれた。

この生まれたタイミングというのが最悪で、私の人生を丸ごと決めてしまうことになった。

そう、ちょうど二ヵ月後に、斎賀本家に男の子が生まれる予定だったのだ。

その男の子が豪。斎賀本家の次男の嫡子だったけれど、長男に子がいないため、お腹にいる時点で将来の当主候補となっていた。

当時の斎賀当主は決めた。

『この子は将来、斎賀本家を継ぐ可能性が高い。一族から花嫁を決め、共に斎賀の繁栄を託したい』

本家の跡取りベビーの許嫁に、生まれたての朝比奈の女児――私が大抜擢《だいばってき》されてしまったのだ。

当代の斎賀当主だった豪の曾おじい様は、豪の父親や伯父の猛さんが恋愛結婚で一族外の女性を入れたことが面白くなかったらしい。

さらに猛さんは、その頃からお子さんを作らないと公言していたそうだ。奥様とふたりでのんびり暮らしたい、と。

そこで曾おじい様は考えた。曾孫にはなんとしても一族の嫁をもらわせ、子どもをばんばん産ませて、本家を衰退させないようにしよう……。

そんな時代錯誤も甚だしい考え方で、可愛《かわい》い赤ちゃんの人生にレールを敷かないでほしかったけどね！

ともかく私は小さい頃から、許嫁がいると聞かされて育ってきた。

少女漫画のような設定は、幼い私の心を掴《つか》んだ。無邪気に『いつか素敵な許嫁の男の子が迎えに来てくれる』と信じるようになっていった。

ご両親の仕事でアメリカにいる許嫁とは、赤ん坊の頃以来会ったことはなく、そのせいかどんどん夢が膨らみ、完全に許嫁イコール白馬の王子様という思考。

『豪くんと会えるのは、中学生になってからよ。あなたたちは同じ帝士大学付属中学に行くんだから』

そう言われ、胸をときめかせた。男の子に交じって虫取りやサッカーに明け暮れた小学生時代は封印。おしとやかで可愛い女の子にならなきゃ。そして豪くんに好きになってもらわなきゃ。だって、一生添い遂げる人なんだもの。

……十二歳の翠は思いました。本当に健気《けなげ》だったわ、今にして思えば。

そうして迎えた中学校の入学式。

青々とした桜の新芽の下、私は許嫁と再会した。校庭を吹き抜ける風に髪を乱した彼は、振り向いた格好のまま私をじいっと見ていた。

私は彼の顔を見て、心臓が口から飛び出そうだった。だって、ものすごい美少年がそこにいたのだ。

さらさらの黒髪に、綺麗《きれい》なチョコレート色の瞳が長いまつ毛に縁取られている。女の子より白い肌に、うるっと艶めく唇。全体の造作が驚くほど整っていて、反則級に綺麗な男の子だった。

彼が斎賀 豪……私の許嫁。

『こんにちは』

私は高鳴る鼓動を抑えて声をかけた。

『今日からよろしくね、豪くん』

すると、彼は私を見据えていた瞳を、ふいとそらした。まるで興味はないと言わんばかりの冷たい態度だった。

『あんまり話しかけないで。そういうの面倒だから』

笑顔のまま、私はぴしりと固まり、それからきゅっと口を噤《つぐ》んだ。

は？ 今、なんて言った？

なんとおっしゃったか？ この美少年は。

彼の愛らしい唇から放たれた言葉とは思えなかった。聞き間違いじゃなさそう。だけど、どう返したらいいのかわからない。

私、彼の許嫁なんだよね。本当にそうなんだよね？ 人違いしてないよね⁉

『じゃあね』

豪はそれ以上、私と対峙《たいじ》する気はなかったようで、さっさと踵《きびす》を返し、行ってしまった。

去っていく美少年の背を見つめ、かける言葉もない私はひとり立ちつくした。完全に『イケメンに話しかけて相手にされなかった女子の図』といった雰囲気だった。

今日、この日まで培ってきた許嫁の理想像が、さらさらと砂上の楼閣のごとく崩れ去っていくのを感じた。最悪の初対面だったことは間違いない。

斎賀豪は弱冠十三歳にして、すでにパーフェクトな男子だった。

勉強も運動も一番。音楽や美術もそこそこにこなし、一年生のときから生徒会の役員に抜擢されていた。

斎賀は表向き、省庁官僚を多く輩出するエリートなので、豪のことをお手並み拝見と意地悪な目で見ていた者は多くいただろう。しかし、誰ひとりとして彼に敵《かな》わなかった。同じ土俵に上がれる人間がいないのだ。豪ひとりだけが突出していた。

そして私は、その事実がおおいに気に食わなかった。

あんな嫌な男がトップ？　生徒会役員？　信じられない。

やんちゃだった小学生時代だって、私の成績は常にトップだった。それをあっさり抜き去った豪には、言葉にしきれない感情があった。

豪は初対面の通り、同じクラスになっても私を無視した。興味の対象じゃないという冷たい態度を崩さなかった。それがまた私の怒りを煽《あお》った。

一族が勝手に決めたとはいえ、曲がりなりにも将来結婚する相手に、その態度はないんじゃない？　嫌われようとしてるの？　それとも、もともとの性格が歪みまくってるの？

これほどまでに嫌なやつが私よりすべて上とは、プライド的に絶対許せない。

私は今までにないほどの努力で勉強した。自ら希望して家庭教師をつけてもらい、予習復習に余念なく励んだ。

一学年の終わりに、学年末テストで豪に二点差まで詰め寄った。

このとき、貼り出されたテスト結果を目にし、初めて豪は私を見た。視線に驚きがあったことは私にとって屈辱であり、同時に若干の優越感を覚えさせた。

あんたが無視してきた許嫁様は、少なくとも馬鹿じゃない。あんたに侮られるような女じゃない。

『うかうかしてると足元掬《すく》われるわよ』

通り過ぎ様に言ってやるのだから、私も性格が悪い。どう考えても、漫画の噛《か》ませ犬キャラのセリフくらいチープだ。でも言ってやらなきゃ気が済まなかった。

かくして私たちの闘争の火蓋は、切って落とされたのだ。

こののち、豪は完全に私を敵と認識したらしい。歯牙にもかけないという態度は変わり、はっきりと敵対意識を出してくるようになった。

中学高校と私たちは勉強にスポーツにと争い続けてきた。豪が生徒会に入れば、私は風紀委員になった。豪の小論文がコンクールに出れば、私はデザインで都の展覧会に出た。

共通の友人の陣内《じんない》祭も加わり、私たちは〝帝士の三傑〟と妙なふたつ名を冠されながら、大学まで一緒に過ごしたのだった。

仲の悪さは相変わらずだったけれど、いつしか互いに無視し合うより、直接文句を言い合うようになっていた。

その方が早いし、ストレスフリーなのだ。喧嘩自体がストレスではあるものの、無視し合う労力は陰険で鬱々としている。そうではなくて、言いたいことを言い合うことで、絶妙なバランスを保ってきた。

私たちが喧嘩を始め、間に挟まった祭がそれを軽快な話術で収めるというのは、よくある光景だったように思う。

中学二年のときに、私と豪が許嫁同士であるという噂《うわさ》が広まった。

私は誰にも言っていないけれど、案外、生徒の誰かの親族に斎賀の事情に詳しい者がいたのかもしれない。あっという間に広まった噂を、私は否定しては回らなかった。
ただ、問われれば答えた。
『私が決めたことじゃない。興味ないから』
そう言えば、皆が私と豪の険悪さを思い出し、口を噤んだ。お察しします、という
ムードになるのだ。
良家の子女が集まるこの学校でも、許嫁というのはパワーワード。なかなかないレ
アケースだった。
さらに豪は名門中の名門・斎賀の跡継ぎであり、容姿端麗で、すでにモテまくって
いた。おそらく彼も、私と同じように周囲に返答していたのだと思う。
高校に入って背がぐっと伸び、美少年から秀麗な青年に変わっていった豪は、あっ
という間に彼女を作ってしまった。
許嫁がいようがいまいが、豪にアプローチをする女子は後を絶たない。可愛かった
りスタイルがよかったり、女の子たちもさまざまだ。多くの美少女が豪の隣を競った。
応えるように、豪も彼女を次々に変える。
大嫌いとはいえ、許嫁の私もいい気分はしなかった。
私自身は、よそで恋人を作るわけにはいかない。許嫁は本家の後継者なのだ。

いっそおおっぴらに彼氏でも作って、許嫁として不適格になってやろうかとも思ったけれど、それじゃあ両親と伯父家族に迷惑がかかる。朝比奈を守るためには、豪の女遊びを見て見ぬふりをし続け、自身は貞淑でいなければならない。

華やかな女の子を連れ歩く豪を苦々しく見つめるのは、その後大学時代まで続いた。

こうして私は、斎賀豪が大嫌いと胸を張って言える女になっていったのだった。

「ただいま」

青山《あおやま》にある自宅マンションに帰り着くと、玄関先ですでにいい匂いがした。母の作る夕食だ。

リビングダイニングに顔を出し、キッチンで料理をしている母に、もう一度「ただいま」と声をかけた。

「翠、おかえりなさい。今日は早かったのね」

振り向いたのは一瞬で、母はすぐにフライパンに向き直る。何かをソテーしているのはわかる。お魚かな。

「おっきい仕事がひとつ片付いたから」

「それはよかったわ。お父さんももう少しで帰れそう。今日は三人でごはんが食べられるわ」

母は嬉しそうだ。平日に三人で夕食をとるのは久しぶりだと思い出す。

元・女優の母は、今でも充分すぎるくらい美人だ。頑張ってエステに通っていると か、有名トレーナーをつけて運動しているとかじゃない。普通のどこにでもいる奥さ んでありながら、年相応の幸福な美しさのある人だ。

若い頃の母は、アイドル並みに人気のある女優で、電撃引退には多くのファンが涙 したとのこと。私は母親似なので、そんな母の武勇伝を聞くと、ちょっとだけ我がこ とのように嬉しくなってしまう。

まあ、母が幸せで美しさを維持できているのは、父が精神的にも物質的にも彼女を 守っているためだろう。うちの父は斎賀とも芸能関係ともまったく関係のない民間企 業の部長職だけど、穏やかでいまだに母を大事に大事に扱っている。

私にとって夫婦の理想像は、両親だ。

だからこそ、自分自身にはそんな幸せがやってこないことに絶望もしている。相手 があれだもんね。はあ。

「お夕飯は？」

「エビ入りのシチューとスズキのソテー。お父さんがお魚食べたいって言ってたから。

翠も好きでしょう？」

「うん、好き。着替えてくる」

自室で部屋着に着替えていると、ちょうど父が帰宅した。家族三人で平日に夕食を囲めることは稀《まれ》だ。昔は毎日こうだったのになあと思う。自分が大人になってしまったと実感するのはこんなとき。

「仕事は忙しいのか？」

父が箸でスズキの身を切り分けながら尋ねてくる。

「そうね。毎日、雑用雑用、庶務庶務、資料集め資料集めって感じ。省庁勤務ってもっと華やかだと思ってた」

早口でまくしたてる私に、父が苦笑いする。母が横から気遣わしげに言葉を挟んでくる。

「嫌なお仕事じゃない？」

「別に？　民間だって、入社して数年は雑用ばっかりでしょう？　下っ端ってどこに行ってもそうだと思うわ。私の職場って、どうやっても新人は少なくて、上の層が厚いから」

特務局は外部からの人材登用が多いので、新人は斎賀の一族以外では入ってこないのだ。現に私たちの後、二年間は新人がいない状態が続いている。

「楽しいよ。私ってほら、優秀だから。今日も局長に褒められちゃったし」

母は、ほうっとため息をつき、まだ苦笑いの父と顔を見合わせた。

「翠が楽しいならいいんだけれど……」

引っかかる言い方だなと思っていたら、父が重く口を開く。

「翠に将来を選ばせてやれなくて、僕たちは申し訳なく思っているんだよ」

将来……職場すら、私には決められていた。豪と一緒に特務局に入ることが、それこそ小さい頃から決まっていたのだ。

斎賀の当主を支えるため、妻たる者は夫の仕事を詳しく知っておくべきだ、というのが現当主である豪の祖父の考え方。

私が不出来なら話は変わったかもしれない。でも、豪と張り合っていた時点で入省は確定していた。

努力せずに省庁勤務なんて、と言われても仕方ないけど、私だって入りたくて入ってはいない。昔から、そうあるべきとされてきたことに従っているだけだ。

「翠にもし他にやりたいことがあるなら、今の職を辞めたって構わないと思っている」

「斎賀本家には頭を下げることになると思うけれど、そんなのはいいからね。遠慮せずに、やりたいことを探してくれていいのよ」

両親の言葉の優しさを嬉しく思い、同時に、両親のためにも特務局を辞めるわけにはいかないと感じた。末端とはいえ、一族にありながら、本家に目をつけられていいわけがない。

「大丈夫よ」

私は微笑《ほほえ》んだ。

「今の仕事もちゃんとやりたいことだから」

そう、この仕事を通して、私は積年の恨みを晴らす。絶好のチャンスをもらったようなもの。

私が唯一やりたいことは、斎賀 豪を倒すことだ。

能力的には私が上だと認めさせ、屈服させること！

結婚するとかしないとかの前に、ここだけははっきりさせておかないと。私は絶対、斎賀 豪に負けない。

もし違った人生を歩めるなら、斎賀 豪には関わることはなく、夢を持って生きていたかもしれない。

だけど、アイデンティティの形成期から豪と張り合ってきた私にとって、それはもう私ではない気がした。

悔しいことに、あの男を打ち負かすことは、私の人生の至上命題。

あいつに『翠はすごい。俺じゃ敵わない』と思わせたとき、ようやく私の人生が始まる。そんな気がするのだ。

許嫁というかもはや腐れ縁

一番に出勤したと思ったら、オフィスには先客がいた。俺の隣の席に、こんもりとした人影。近づいてみると、やっぱりそうだ。

朝比奈 翠はデスクに突っ伏して、くうくう寝息をたてていた。

この図太さに関しては驚嘆するしかない。普通、オフィスで爆睡できるか？　少なくとも俺はできない。こうして人が入ってきても気づかないレベルの爆睡って、おまえ、もうそれは早朝出勤はやめて自宅でよく寝た方がいいぞ、と言いたくなる。

もちろん、そんなことを言えば、百倍返しくらいで反論が飛んでくることは間違いない。

朝比奈 翠はかなり気が強い。いや、とんでもなく気性が荒い。いつだって闘争意欲に燃えていて、こと俺に対しては親の仇《かたき》レベルで嫌っている。

俺は自分のデスクにどさっと鞄《かばん》を置いた。先輩方が出社する前に起こした方がいいだろう。しかし、肩を叩《たた》くなどすれば『触らないで！』と怒鳴られる気もするので、音をたてて起こす作戦だ。

鞄を置く音くらいじゃ翠は起きない。今度は引き出しをわざと騒々しく開けた。しかし起きない。しぶといな、こいつ。

「翠」

呼びかけてみたが、翠はまったく反応しない。俺のデスクの方に向けられた顔は安らかで、子どもみたいだ。いい夢でも見ているのか口元はだらしなく開き、今にも涎《よだれ》がこぼれそうだ。

隙だらけだぞ、おまえ。それでも俺の婚約者か。電車やバスでもこんな顔で寝ているわけじゃあるまいな。おまえは顔とスタイルだけはとことんいいんだから、痴漢に狙われるぞ。

……思考が父親みたいになってしまう。

俺とこの朝比奈翠は、幼い頃から決められた許嫁という間柄だ。

まあ、一族内で勝手に決められたことなので、なんだかんだあるうちに、この女は俺のことが大嫌いになったようだけれどな。

俺自身は翠のことが嫌いというわけではない。努力家で野心家、その割におっちょこちょい。仕事を完璧に仕上げたとドヤ顔をしている横で、報告書を全部ぶちまけるような類の詰めの甘さがある。

学業で俺に敵わなかったのも、その詰めの甘さが関係しているんだが、本人は気づいていない様子。ケアレスミスが多いんだ、翠は。自滅しているのに、俺に敵対意識を向けられても困る。

いや、正確に言えば、困りはしなかった。翠ともうひとりの友人・陣内祭が俺を追い上げてくれたからこそ、俺は学生時代に、学年トップを保ち続けることができたのだ。

翠のパワフルな行動力は、割と冷めた俺にやる気を注いでくれたし、彼女を打ち負かしたときの達成感はなかなかのものだった。翠本人は毎度、恨み骨髄に徹すという表情をしていたっけな。

お、翠が動きだした。俺の方に向いた顔がくしゃっと歪み、むにゃむにゃと口が動く。間もなく起きるか？

オフィスにふたりきりで目覚めに立ち会うと、翠がうるさそうだ。コーヒーでも買ってこよう。

古い財務省庁舎は、防犯と我が部署の内密の観点から、同じフロアに自動販売機がない。一階まで下り、エントランスでコーヒーをふたつ買う。

翠はブラックが苦手なはずだから、微糖のミルク多めのものにした。カロリーが高いのなんのと言うタイプではない。

翠はすこぶる美しい女だ。女優だった母親譲りの麗しい容姿は、幼い頃から誰もが振り向く美貌だった。

年を重ねるごとに美しく成長していき、すんなり伸びた手足と、ほどよく引きしまり、かつ柔らかそうな姿態は、男たちの目を引くには充分すぎた。俺の隣で許嫁は、あっという間に大人の女になってしまった。

そして同じだけ戦闘能力も上がっていったわけだが、中身は中学生くらいから、ろくに変わっていない。

オフィスに戻ると翠が起きていた。俺を見て、はっと驚いた表情。俺の鞄は置きっぱなしだから、寝ているところを見られたと恥じているのだろう。面白いので、少しからかうことにする。

「涎の痕」

何もない頬を指差すと、慌てて手でごしごしこすっている。馬鹿だ。

「そんなに急ぎの仕事か？」

眠いのに早朝出勤して、無防備に爆睡しなければならないほどの。

翠は不機嫌そうに顔をしかめて答える。

「今日、六川さんについて外に出るから、雑務だけ朝のうちにこなしちゃおうと思っただけよ」

「そして結局終わっていない、と」

俺の言葉にキッとこちらを睨んでくる翠。おいおい、俺は事実を言っただけだぞ。

ここで手伝おうかと言えば、翠は拒否するに違いない。意地が服を着て歩いているようなやつだ。せめてもと、さっき買った缶コーヒーをデスクに置く。

「何これ」

「コーヒー。ひとつ買ったら当たった。やるよ」

わざわざ嘘《うそ》をつき、一階の自動販売機が当たり付きだったか考え直す。すると翠がコーヒーを俺のデスクに押し返してきた。

「いらない」

「俺は砂糖が入ったものは飲まない」

「じゃあ、他の人にあげて」

嫌いな相手からの施しは受けないってことか。かすかに俺はイライラした。

こういうところだ。素直に受け取ってありがとうのひとことでも言えば可愛げがあるものを、細かいところまで徹底抗戦なのだ。

「そうか」

俺はコーヒーを手に取り、自身の鞄に放り込んだ。

怒れば子どもっぽく見えるだろう。我慢しろ、俺。

翠がこんな調子なのはいつものことで、それはもう十二年もの間、変わっていないのだ。

小学生の頃、年に一度送られてくる許嫁の写真は、俺のひそかな楽しみだった。

翠という同い年の少女は、まるで人形のように愛らしく、俺は自分の将来の妻が本当に自分と同じ人間なのかと疑うほどだった。もしかして、精霊か妖精じゃないか？妖精は俺と結婚できるのか？などとファンタジーなことも考えたものだ。

中学の入学式で初めて会った実物の翠は、写真の何倍も愛らしかった。大きな目。さらさらの濃い栗色《くりいろ》の髪。柔らかそうな頬は薔薇色《ばらいろ》で、本物の妖精かと思うほどだ。

しかし、そんな許嫁に微笑みかけられ、素直に笑顔を返せないのも中学一年の男子だった。

こちらは思春期真《ま》っ只中《ただなか》だ。可愛い女子に話しかけられ、まともに受け答えできるわけがない。それに俺たちは許嫁という立場。俺が歩み寄れば、あっという間に交際スタートだ。

それは早すぎないか？　まだ十二歳で彼女がいたら、周囲に冷やかされないか？　検討の結果、俺は翠と距離を取ることにした。彼氏彼女の仲にはならない。あくまでクラスメート。あくまで知り合ったばかり。

俺の素直じゃない態度は、彼女に悪印象を与えたようだ。翠は早々に俺に幻滅し、こちらに寄ってこなくなった。それどころか、ありとあらゆることで対抗意識を見せるようになっていった。

気に食わない同級生に勝ちたいという気持ちなのか、俺の態度への仕返しなのかはわからない。とにかく俺と競うのだ。

こうなると、俺も翠に負けるわけにはいかなくなる。

もし翠が『豪さんは私に負けるくらいなので将来性がありません。婚約は破棄させてください』とでも言いだしたら、俺の責任問題だ。未来の妻に負けるなんて本家の跡取り失格だろう。

それに、俺自身は翠と結婚するのが嫌ではない。むしろ彼女の容姿や頭脳は、斎賀本家の嫁に相応しい。翠を置いて他にいない。

俺は翠に負けないことで、彼女との絆《きずな》を保ってきたつもりだ。そのせいか多分に彼女に恨まれることになってはいるが。

翠と許嫁関係にあることを流布したのも俺自身だ。中学二年に上がった頃、友人のひとりが翠に好意を見せ始めた。

『朝比奈さん、好きなやついるのかな』という友人に内心焦りながら、『朝比奈　翠なら、家の決め事で将来結婚することになっている』と答えた。まるでテストの範囲を言うかのごとくあっさりした事実報告に、俺側の好意を感じ取れるはずはない。

俺が相手では敵わないと、友人は恋心をさっさと諦めた。我ながら不本意ではあるが、最高の虫よけだ。許嫁が俺なら翠に寄ってくる男は減る。

それもこれも斎賀のため。

翠は俺と結婚する。本家の跡取りである俺の使命だ。

中学三年の冬のことだ。その頃、俺は少しやきもきしていた。翠に男の影が見えていたのだ。

相手は中学の風紀委員の先輩で、そのとき高校一年だった。頻繁に翠と帰る姿を見かけたし、彼女もまんざらではない様子。

このままよそで恋人を作られると厄介だ。女は感情で生きている。恋人のために家を捨てることができるのも、女ならではの強さだろう。そうなっては困るのだ。

『先輩と付き合ってるのか？』

ある日、俺は思いきって尋ねた。偶然ふたりきりになった放課後の教室だった。

普段はお互い距離を取っている俺たちが、こうして向き合うのは珍しかった。

自然に聞いたつもりだったが、心臓がばくばく鳴っていたのを覚えている。翠がなんと返事するか、考えるだけで胸が詰まりそうだった。

『豪は穴原《あなはら》さんと付き合ってるの？』

質問には答えず、翠が質問を返してきた。ずるい気がしたが先に答える。

『穴原は生徒会が一緒なだけだ』

事実そうだった。同級生の穴原からの好意は感じ取っていたけれど。

『思うんだけど』

翠は不機嫌そうに言った。

『どうせ、いつか結婚しなきゃならないんでしょ？　私たち。それなら、結婚までの恋愛にはお互い干渉しない方がいいんじゃない？』

どくんと心臓が大きく鳴り、俺は凍りついた。

その言葉は……やはり、あの先輩と付き合っているってことか。そしてそれを、許嫁の俺に容認しろと言っているのか。いずれ結婚は応じてやるから、若いうちの恋は見逃せということか。

胸の奥がぐずぐずと痛んだのを覚えている。十五歳の俺は、たぶんそのとき傷ついたのだ。不仲とはいえ許嫁を信じていた心が、踏みにじられた気がしたのだ。

『豪は女子に人気があるじゃない。私に義理立てすることないわよ。豪と私の関係なんて政略結婚みたいなもんだし』

俺へのフォローなのか、そう言う翠を憎く思った。しかし口に出せなかったのは、俺もプライドが高いせいだろう。

『それなら好きにすればいい。俺も好きにする』

翠は怒っているような困ったような顔をしていた。目尻が赤くなっていて、その表情は随分悔しそうに見えた。俺もきっと悔しそうな顔をしていたと思う。

俺は高校に上がって最初に告白してきた女子と付き合った。三年生の先輩だった。彼女と駄目になると、すぐに他の子から告白された。

女子の噂は早い。俺は長続きした彼女こそいなかったけれど、常に彼女がいる状態を大学一年くらいまで続けていた。

その間、翠に恋人がいたか俺にはわからない。興味を持たないようにしていたし、翠自身も巧妙に隠していた。外聞が悪いとでも思ったのだろう。

翠から言いだしたことなのだから、好きにすればいいのに。友人の祭が言うには、彼女は変わらずモテてはいるようだった。

まあ、あの容姿だ。戦闘民族かと思うほど気が強いのを抜きにしても、男は放っておかないだろう。どちらにしろ、俺には関係のないことだ。

二十歳になるのをきっかけに、俺は彼女を作るのをやめた。

翠への当てつけみたいに、興味のない女の子と付き合い続けるのは不誠実ではあるし、いよいよ斎賀本家の人間としての仕事が出てくる。名実ともに浮ついてはいられないのだ。

そして今日まで俺は、女性関係は至って淡白に過ごしてきた。遊びでもなんでも女性の誘いには乗らない。斎賀本家の跡取りとしての職責を負っているつもりだ。

翠については、好きにすればいいと思っている。結婚までに身綺麗にしてくれればいい。

しかし、俺の心にはずっと引っかかる部分がある。

それは十五歳のときに、翠とのやり取りでついた傷だ。深く切れて傷の肉が反り返り、ふとしたことでそこに感情の切れっ端が引っかかる。傷の存在を確認するたび、痛いような苦しいような感覚を覚える。

俺は恋愛関係についてだけは、翠に裏切られたと思っているのかもしれない。

「おまえたちふたりに頼みたいことがある」

月曜の朝一番で呼び出された俺。隣には翠。正面には俺の伯父で、現・特務局局長の斎賀猛がいる。

「この男のことだ」

局長がデスクに置いたのは、ある壮年の男の経歴書。といっても、俺たちが閲覧できる程度の、顔写真付きの簡素なものだが。

「鬼澤正作《おにざわしょうさく》。国土管理省大臣の事務次官ですか」

「この男に公金流用の疑いがある。タレコミは同じ国土管理省のOB」

事務次官は官僚としては最高のキャリアにあたる。なりたくてなれるものでもなく、大臣より任命されるとはいえ、内閣の許しがないと命じられないポストだ。省務をさばき、各部局を統括する人物だ。

「接待費をちょろまかすなんて可愛いものじゃない。国土管理省が噛んでいるオリンピック関連イベントの会場建設で、特定の建設会社に便宜を図った疑いがある。本人の懐には億単位の金が入っていると見られる」

「注目度の高いイベントで、でかいことをやりますね」

俺の言葉に局長が肩をすくめた。

「絶対バレない自信があるんだろう。タレコミはこいつが信頼していた部下からだ。部下は不始末の足切りをされて、昨年退官している」

悪巧みの片棒を担がせて、トカゲのしっぽの役割をさせるとは。俺なら最後まで甘い汁を吸わせて飼い殺すけどな。俺は不正などしなくとも豊かな人生を送れる自信があるんだが。

「元・部下は金を多少握らされ、マスコミ等に口外できないよう、その筋の人間に監視されている。そんな中で、噂で聞いた財務省特務局を頼ってきた。豪、朝比奈、ふたりでこの件を調査してくれ」

局長の命だ。しかし、担当するのが一番下っ端の俺と翠でいいのか？　かなりでかい仕事じゃないか。

俺の不安を見て取ったのか、局長が言葉を添える。

「内々に片付けるか表沙汰にするかは、おまえたちの調査内容を見て決める。気負わずにやれ」

そう、特務局は、調査権限はあるが逮捕権はない。処罰が必要であるならば、警視庁にすべての情報を開示し、刑事告訴に踏みきる。簡単に不起訴にならないよう、特務局から司法側に根回しもできる。

しかし、場合によっては内々に処理しなければならないことも出てくる。相手をこの世から葬る……といったドラマみたいなことはしないが、特務局とその省庁内のやり取りで終わらせるということもある。

失職や弁済など、本人には厳しい対応がされるとしても、秘密裏のこと。こういったグレーなことも請け負うので、特務局という部署は表に出てきてはいけないのだ。

「くれぐれも鬼澤に感づかれるな。相手は凄腕の古狸《ふるだぬき》だからな。おまえたちとは場数が違う。手順を踏んで、情報を追え」

「はい！」

横で俺より先に翠が声を張り上げた。元気だ。というか、こいつはやる気満々だな。またどうせ俺と張り合う気なのだろう。好きにすればいい。俺は譲る気はない。こいつとバディなんか組めないと騒がれるより、ずっとマシだ。

デスクに戻ると、翠がこちらをきりっと見つめてきた。

「足引っ張らないでね」

「おまえこそな」

「最近は私の方が評価が高いのよ。局長は私を信頼して任せてくれたんだと思う」

ニマニマと笑う彼女は、自分がたいそうなドヤ顔をしているとは気づいていないんだろうな。小鼻が膨らんでるぞ。

いつも感じるが、翠は局長が好きだ。尊敬している。

恋愛のそれではないだろうが、局長に認められたいと常に一生懸命だ。それは一族内の問題とはまったく関係なく、翠一個人の気持ちなのだ。

そんな翠の気持ちは応援してやりたい……ような気もする。

「仕事がかぶって無駄になることはしたくない。逐一報告しろ。俺は鬼澤の入省からの経歴をまとめる」

「豪が仕切らないで。私は交友関係を調べるわ」

「鬼澤が事務次官に就いたのは昨年だ。それまでに手がけてきた仕事で、きなくさいものはすべて洗おう」

「暴力団関係者との繋《つな》がりもね。……って、あんたが仕切らないでって言ってるでしょ」

イライラと言葉にした翠が腰に手をやり、偉そうに胸を張る。

肘が当たったのだろう。彼女の横にまとめてあった、主計局に提出する資料が、どさどさと音をたて床に落ちた。さらに何枚かの薄い紙はオフィスの床を滑っていく。

「あっ！」

間抜けな悲鳴を出す翠に、オフィスに居残っていた先輩たちが笑い声をあげた。

「朝比奈、こっちまで飛んできてるぞ」

「気合い入ってるなぁ」

翠は「すみません、すみません」と頭を下げ、紙を回収して回っている。俺は足元に崩れた資料を拾い集めた。

翠はしっかり者のくせに、こういうところが抜けている。そもそも行動のひとつひとつが雑なのだ。オフィスチェアにどさっと勢いよく腰かけたり、物をちょいちょい落っことしたり。美人なのに残念極まりない。

しかし個人的に言えば、大慌てで周囲に謝る翠は、まあ可愛い……と思う。放っておけないというか。パーフェクトに見える翠の隙は、たぶん彼女の美麗な顔より魅力的だ。

だから、あまり他の男の前では見せないでもらいたいものだ。

それは嫉妬という観点ではなく、翠が恋愛に夢中になれば、仕事や結婚に差し障《さわ》るだろうからだ。とにかく、他の男を寄せつけないに越したことはない。

事務次官・鬼澤の調査を始めて二週間が経った。

今日も俺たちはオフィスで調査業務だ。情報を集め、まとめ、精査する。非常に地味な作業の積み重ねだ。中枢で国を動かしている省庁の官僚はどこもそうだが、華々しい仕事より地味な作業の方がウエイトを占める。

「やっぱり一度接触した方がいいわね」

翠が横でパソコンの画面を眺めながら言う。

「タレコミ入れてきた元・部下にか？」

「そう。鬼澤の元・部下、長親健三郎《ながちかけんざぶろう》」

調査に至るきっかけとなった情報提供者だ。しかし、彼自身は退職してなお、暴力団関係者に監視されていると局長が言っていた。

「最初の情報提供は、どうやってしたのかしら」

翠が首を傾《かし》げるので、答えてやる。

「地元の囲碁クラブに偶然、財務省のOBがいたらしい。その人づてに特務局の存在を知り、情報提供する気になったそうだ。普通に告発しても、古狸が逃げおおせることがわかってたんだろうな」

翠が、うーんと腕を組んで呻《うめ》く。

「囲碁クラブに潜入することはできるかしら。その内部なら、監視が行き届いていないってことでしょう？」

「残念だが、囲碁クラブの会員は地元のリタイア世代の男性ばかりだ。俺やおまえが潜り込んだら浮くぞ」

「確かに」

彼女は再び考え込み、急にがばっと顔を上げた。

「スポーツクラブは⁉」

情報では、長親はスポーツクラブに毎日通っている。定年を迎えた男性が、健康維持に昼間のスポーツクラブを日課にするのはよくある話だ。

「スポーツクラブ内で接触か。しかし、ランニング中やマシンを使っている最中にわざわざ近づけば目立つ。監視している人間が内部まで入っていれば不審に思うだろう」

「長親健三郎が退官してから、一年以上が経っているわ。監視の目は多少緩んでいるんじゃないかしら。まして、日課のスポーツクラブでしょう？　中まで入って見るかしら？」

翠の言うことは俺も考えた。くさいものに蓋をされた状態の長親を、鬼澤が見張るのは当然でも、一生続けることはしないだろう。事務次官の任期中がせいぜい。

さらには、見張りについているのは鬼澤の部下ではなく、懇意の暴力団関係者だ。鬼澤の意思ほど正確には監視していないのではないか？　来客や会食には目を光らせていても、日常はどこまで監視されているのかわからない。

「もちろん、持ち物に盗聴器が仕込まれてるってことはあるかもしれない。念には念を入れて、接触の方法は慎重にするけれど」

「それじゃあ、こういうのはどうだ？」

俺の提案について、翠はしばし考え、頷《うなず》いた。呑《の》み込みが早いのは助かる。

翌日の正午過ぎ、俺と翠は郊外のスポーツクラブに来ていた。

二十三区外の小金井《こがねい》市。私鉄駅からほど近い場所にあるスポーツクラブは、立体駐車場付きの大きな施設だった。

会員制のジムであるため、施設側には財務省の名前で『省内の健康増進プログラムのための視察』という申し込みをしている。それも責任者にしか伝わっていないので、一般のスタッフは俺たちをただのビジター利用者として見るだろう。

朝から気になっていたのだが、翠はスポーツバッグを持っている。もしかして運動する気満々なのではなかろうか。

「翠」

「何よ」

「なんでもない。着替えてジムフロア集合で」

それぞれに更衣室で着替え、二階のジムに向かう。

登場した翠を見て、俺は絶句した。何しろ彼女は、フィットネス系雑誌から抜け出してきたかのような気合いの入ったスポーツウェアを着ていた。

背中が腰まで見えるタンクトップ。七分丈のカプリパンツ型のジャージ。フィットネスシューズはレインボーカラーでピカピカだ。

「翠……おまえまさか、このために揃《そろ》えたのか？」

思わず呆《あき》れた声で尋ねてしまった。

「そんなわけないでしょ⁉　普段ジムに行くときの格好よ！」

翠は強い口調で返すが、こいつがジム通いをしているなんて聞いたことがない。それに明らかに下ろしたてというウェアだ。

割とカッコつけだからな。おそらく、昨日スポーツジム潜入が決まって、慌てて購入しに行ったのだろう。そういえば、昨日は退勤が早かった。

「豪はダサいわね。これだから普段から運動していないやつは」

翠は、俺のネイビーのTシャツに五分丈のパンツの格好を見て、勝ち誇った表情で言う。

「トレーニング設備は実家にひと揃えあるからな。毎週末、実家でトレーニングはしているが。誰かに見せびらかす必要がないと、機能美のみを追求するようになるんだ」

「私、見せびらかしてなんかいない」

「まあ、実際にトレーニングしていないやつは、機能性がわからないかもしれないな」

形から入っているだけで、実際は運動していないだろうという俺の煽りに、翠は怒りを込めた視線を送ってくる。しかし、さすがにここでキャンキャン騒ぎたてることはしなかった。ここからは互いに持ち場についてターゲットを待つことになる。

「それにしたって、もう少し隠せ」

俺はフロアを歩いていく翠の後ろ姿に、ひとりごちた。

背中は丸出し、ヒップのラインはくっきり。長い手足を見せびらかすような翠の格好は、スポーツクラブ内でかなり目立つ。

この時間帯の利用者が、高齢者や主婦ばかりでよかった。夜のスポーツクラブに出入りするようになったら、羽織るパーカーか、もう少し露出やボディラインが見えるのを抑えたウェアを買ってやろう。

俺はマシンエリアでトレーニングを開始。翠はトレッドミルマシンでランニングを始めた。

十三時を過ぎたところで、ジムフロアにターゲットが入ってきた。五十代後半、白髪交じりの背の高い痩せ形の男。間違いない、今回の情報元・長親健三郎だ。

翠もその姿を確認している。これから接触を図るのは彼女だ。

この時点でジム内に監視者がいるかはわからない。いかにもという人間はいないが、持ち物に盗聴器を仕込まれている場合もある。ジムで使うようなシューズやスポーツウォッチが、盗聴器入りのものとすり替えられていることだってある。

ストレッチスペースで軽く準備運動をしているターゲットに、翠がそれとなく近づく。目の前で、タオルとマイボトル入りのドリンクを落とす仕草は自然だ。ガコンとプラスチック製のボトルが床で音をたて、長親の前に転がっていった。

「ごめんなさい！」

「大丈夫ですか？」

足元に転がってきたボトルを拾ってくれる長親に、翠が親しげに話しかける。

「ありがとうございます。私ったら本当におっちょこちょいで」

事実、いつもおっちょこちょいだよな。そんなことを考えつつ、俺は翠と長親のいるストレッチスペースの裏で、ラットプルダウンのマシンにつく。

「いえいえ、ボトルが割れなくてよかった」

長親は気さくな人間のようだ。いや、翠のような美人に話しかけられ、悪い気はしないといったところか。

「あの、こちらのジムに通われて長いですか？」

「まだ一年くらいです。ようやく慣れてきましたよ」

翠がふわっと微笑み、右手を頬に添える。そんな仕草は美麗だし、男を惹《ひ》きつけるが、本人は無意識でやっているあたりが怖いところだ。

「私は通い始めたばかりなんです。スタジオプログラムって参加されますか？　お勧めのプログラムがあれば教えてほしいんですけど」

「いやあ、僕はもっぱらウォーキングマシンで歩くばかりでして」

言いながらも、翠が広げたこのジムのプログラム表を覗《のぞ》き込む長親は、やはり人がいいのだろう。彼の目には、はっきり見えたはずだ。翠がプログラムに書き込んだ文字が。

【特務局の者です。例の件でお話を伺いに来ました】

彼の表情がさっと変わったのは、横目で見ていてもわかった。あたりを窺《うかが》う様子が見て取れる。

「このクラスって筋トレ系ですか？　私にもできるかしら」

翠がプログラムを裏返して、なおも彼にメッセージを見せる。

【男性の職員が同行しています。ロッカールームか浴室でお話を伺えますか？】

長親がうんうんと頷き、自然に答える。

「そうですね。ダンベルを持ってるのを見ましたねぇ。僕もちょっと興味はあるんですよ。今度出てみましょうかね」

会話を続けつつ、長親がぎこちないながらも笑顔になった。こちらの趣旨は伝わったようだ。

「このジムは風呂もお勧めですよ。ミストサウナとスチームサウナがあるんですが、僕はミストサウナが好きですね。暑すぎないし、空いていてのんびりできるし」

長親が何か伝えようとしている。翠もそれを感じ取って話を合わせる。

「ミストサウナって気持ちいいですよね。私も今日、利用してみようかしら。せっかく来たんで、もう少し運動してからにしますけれど」

「ええ、それがいいですよ。僕は毎日、十三時から十四時半くらいまではここで運動するようにしているんです。またお会いするかもしれませんね」

十四時半にミストサウナ。密会の指定だ。

彼らのすぐ近くのチェストプレスマシンに移動していた俺にも、ちゃんと伝わった。

「引き止めてしまってすみません。ありがとうございました」

翠が明るく微笑み、再びトレッドミルの方向へ戻る。

通り過ぎるときに俺をちらりと見た表情は『聞いてたわね』という雰囲気。

聞いてたよ、まったく。どこまで仕切りたがりなんだ、おまえは。


十四時半。ひと汗かいた俺は、ターゲットがジムを上がるのを確認し、自分もロッカールームへ向かった。郊外のジムであるせいか、大型温泉施設に近いくらい浴場は充実している。

指定のミストサウナへ入ると、中でターゲットが待っていた。ちょうどふたりきりだ。彼はレンタルのタオル以外持っていない。ここなら盗聴の可能性はない。

「特務局の斎賀です」

「よくお越しくださいました」

長親は感極まった声音で言い、立ち上がった。

「人づての告発だったので、ちゃんとそちらの組織に届いたか不安でした」

「今日であらかた情報は受け取ります。あなたの身辺を騒がしくはしませんので、ご安心ください」

彼は、ほっとため息をつき、それから話しだした。


「お疲れ様」

駅前のコーヒーショップで待ち合わせた。翠は先にジムを上がり、ここで待っていたのだ。

「どうだった?」

「メモを取れる状況じゃないからな」

俺は席に着くなり、ノートパソコンを取り出し、先ほどミストサウナ内で聞いた彼の話をまとめ始める。

「豪にしては珍しい」

若干焦り気味にキーボードを叩いているせいだろう。俺だって万能じゃない。記憶は記録しないと保持できない。

パソコンを睨んでいる俺を尻目に、翠は席を立つ。トイレかと思ったら違った。

戻ってきた彼女の手にはコーヒーが一杯。

「注文しなきゃ駄目じゃない」

そうだ、注文を忘れていた。翠は気をきかせて買ってきてくれたようだ。

「本日のコーヒー」

「すまん。ありがとう」

「いーえ」

俺が大部分の情報を打ち終わるまで、翠は黙って自分のコーヒーを飲んでいた。

「長親はやはり、鬼澤の実働部隊をやっていたらしい。最初は本人も後ろ暗いところがあったから、黙って従ったし、退官も受け入れたそうだ」

忙しくキーボードを叩きながら俺が言うと、翠が頬杖《ほおづえ》をついてこちらを覗き込んでくる。

「後ろ暗いところって？　長親も袖の下をもらってたの？」

「イベント会場建設を任された虎丸《とらまる》建設の営業部に、娘婿がいるんだそうだ。娘婿はこの仕事を裏で手引きした功労で、課長に昇進。最初は長親も、娘夫婦のために便宜を図らせてしまったと困惑していたそうだ」

文章を打つ手を止めずに言う。

「しかし、実は長親と娘婿の知らないところで、鬼澤と建設会社上層部では莫大《ばくだい》な金が動いていた」

ふうん、と翠は眉をひそめて頷く。

「それに気づいた娘婿が本件のチームを抜けたいと言ったところ、邪魔になったんだろうな。地方支社に転勤になり、事実上の降格」

「うわ」

「時を同じくして長親は、鬼澤の有印私文書偽証罪をかぶって懲戒免職。鬼澤は長親に支払われない退職金分の保証は約束したものの、知りすぎた部下を野放しにしないように監視をつけた。『事実がバレれば、手引きしたおまえもただでは済まない』と釘《くぎ》も刺していたみたいだ」

不快そうに彼女がため息をついた。

「金を受け取ってるのは鬼澤で、長親は当初、知らなかったんでしょう？」

「でも、途中から知っていながら黙認していた。人がいいのに付け込まれてるな。長親は罪悪感もあり受け入れたが、娘婿が鬱病を発症し、休職となったことに責任を感じたそうだ。どうにか鬼澤の罪を暴いて、これ以上、自分のような部下を増やさないでほしいと言っている」

「は〜、あのおじさん、本当にお人よしね。自分より周りのことばっかり」

「刑事事件にすれば、彼らにも類が及ぶ。失職したうえで罪に問われるのは少し考えるところだな。今回は内々に処理すべきだろう。まあ、その判断は俺たちが下すべきじゃない」

「国土管理省とうちとで、責任者の鬼澤を引きずり下ろして、手打ちって感じ？」

不本意そうな顔で立ち上がる翠。おそらくは刑事事件にして、鬼澤にきちんと処罰を受けさせたいのだ。しかし、調査業務のみが俺たちの仕事であり、それ以上は上の事情が関わってくる。正義感を持っても、やりきれなく感じることは多々ある。

翠はカウンターへ向かって歩いていく。戻ってきた彼女の手にはお冷やのグラスがふたつ。こういうところはよく気がつくやつだ。

「ありがとう。あと少しで終わる」

「聞いた話、本当に全部覚えてるの？　メモも取れない状況だったのに？」

腕を組んだ翠が偉そうに見下ろしてくる。俺より二十センチ以上身長が低いので、俺が座っていると見下ろせて嬉しいのだろう。

「記憶力は自信がある。翠が高校時代、化学の実験で化学室から出火しそうになったことも覚えてるぞ」

「忘れるまで頭叩こうかな」

「中学の調理実習で翠が水加減を間違えて、おまえの班だけ米が炊けず、カレーだけ食べることになったのも覚えてる」

「キモい。ストーカー」

「大学の学祭で、舞台設営中に玄関の照明を割ったのもな」

「本当、ムカつく。余計なことばっかり覚えてるんだから」

罵られながら俺は、ふとあることに気づく。

言おうか言うまいか。いや、言わなかったら言わなかったで、後々キレられるのだ。目についたのだから言ってしまおう。

「翠、スカート」

「ん？」

「サイドのファスナー、開いてるぞ」

「えっっっっ⁉」

翠が野太い声で呻き、自身のスカートに視線を下ろす。

ぱっかり開いたスカートのサイドファスナーを確認し、言葉にならない声を発しながら引き上げた。

「なんで？　なんでもっと早く言ってくれないの？」

「今気づいたんだから、しょうがないだろう」

「座ってるとき、丸見えになってた……。やだもう……」

こっちが『やだもう』だ。ファスナーを開けっ放しで何時間も気づかないとは。翠は本当に隙がありすぎる。

斎賀家への嫁入り前に、この迂闊《うかつ》なところだけはどうにか直してもらいたいものだ。

本家と分家の格差婚

中華料理って好き。

大皿でばんばん出てくるのを、回るテーブルをくるくるさせ、家族でつつくのも楽しい。コース料理で一品一品、華やかで繊細な盛りつけで出てくるのもいい。

今日はコース料理で、私の好きな広東《カントン》風の料理がメインなんだけど、ただ今私は憮《ぶ》然《ぜん》と卓に着いている。憮然っていうのは心持ちのこと。実際は、穏やかな笑みを顔面に貼りつけておとなしく座っている。

「豪、翠嬢へ贈り物はしたのか？　もうそれなりの給金はもらっているのだろう？」

私の正面には大柄な老齢の男性。この人こそ、現・斎賀家当主である斎賀武蔵《むさし》だ。

つまりは豪のおじい様にあたる。

現在八十歳。しかし、どう見ても十歳は若く見える。がっしりした身体つきと、白い髪と髭《ひげ》は、貫禄《かんろく》と威厳を感じさせる。

「そうですね、いずれ」

私の横で答えたのは豪だ。その向こうにいるのは特務局局長の猛さん。

「悠長なことを言っていると愛想を尽かされるぞ。翠嬢は美しいのだからな。妻にはこまめに贈り物をし、喜ばせてやるのが肝要だ」

おじい様が笑顔すら挟まずに言う。

美しいって褒め言葉だけいただいておくけれど、私は帰りたい気持ちでいっぱいだった。

本日、私は斎賀武蔵氏に呼ばれ、会食だ。豪の婚約者として同席していると言った方がいい。

そして、局長は当主の嫡子として同席している。ゆくゆくは局長が斎賀家当主になるんだものね。順当にいけば、その後は豪にお鉢が回ってくる。

ちなみに、私と豪を許嫁という古くさい絆で結んだのは前当主。豪の曾おじい様だ。

「そもそも、結納や婚約式の話が出ていないということに心配をしているんだぞ」

おじい様は呆れたように続ける。久しぶりに孫の顔が見たいと招集されたものの、今日はおじい様のお小言会だったのだと実感する。

「私ももう八十歳だ。そろそろ孫が落ち着いたところを見ないと、安心してあの世に逝けないじゃないか」

私は横目で、ちろんと豪の顔を見た。この瞬間、彼の考えていることがわかる。

『絶対、百歳まで生きるだろ、あんた』って思っているに違いない。

私も思う。豪のおじい様って長生きしそう。

「そうはおっしゃいますが、僕も翠さんもまだ入省三年目の新人です。仕事を覚えるのに必死で、結婚まで頭が回りませんよ」

豪は箸を手に、普通に食事をしながら答える。ぞんざいな態度じゃないけれど、あなたの話をすべて聞くとは限りません、といった雰囲気だ。

そもそも祖父と孫の関係だものね。豪にはそのくらい主張してもらわなきゃ困る。

私はまだ結婚したくない。

「仕事？　そんなに必死にならなきゃならんというのは、自分の能力がないと言っているのと同義だぞ」

おじい様は嘲《あざけ》るように言う。もともとこういう物言いをする人なのは知っているけど、自分の祖父だったら嫌だ。今は斎賀の当主だから仕方なく我慢しているだけ。

私も分家の人間だもの。

「豪も翠さんも、とても頑張っています。俺は助かっていますよ、父さん」

局長が助け船を出してくれる。局長からしたら父親だ。気楽な親子関係でないのは見て取れる。

おじい様は局長の自由な精神が気に入らないと聞いている。特務局局長としても人間としても、斎賀猛さんは、この因習だらけの一族においては異質な奔放さがある。私はそういうところが好きなんだけど。

「おまえが助かっても、私のプラスにはならん」

すげなく言って、おじい様は続ける。

「翠嬢が特務局の仕事を知るのはいいことだ。特殊な業務だし、無理解な者では嫁は務まらん。しかし、実務なんぞ数年で充分だ。聞けばふたりの結婚は三十歳頃というじゃないか。そんなに長く翠嬢に仕事をさせるな。早く養ってやれ」

さらっと当たり前のように『女は家庭に入って家族を支えるもの』という意見を打ち出してくる。

別に、個人の考えだから否定はしないけど、前時代的な考えってことは確かだ。おじい様、今は女性も社会進出しているんですよ。

確かに、専業主婦という二十四時間勤務は尊い仕事だ。私の母は、女優業引退後は専業主婦だ。でも、それが女の幸せと決めつけるのは違うと思う。

専業主婦には専業主婦の、兼業主婦には兼業主婦の大変さがあるでしょ。その辺を全部無視して、養ってやればいい、みたいな言い方をしないでほしい。

「豪、おまえがしっかり翠嬢をリードし、導いてやっていないんじゃないか？　女や子どもを養えて初めて、男は一人前というものだ」

おじい様の男性論もやっぱり古い。そういう世代なんだとは思うけれど、男性ひとりに『頑張れ』を押しつけるのは、ちょっと違うでしょう。

ああ、言い返しちゃいそう。女の幸福を勝手に決めないでください、とかなんとか。絶対、険悪なムードになっちゃう言葉が喉の奥でムズムズしている。

あと、私は豪になんか導かれたくない。百歩譲って結婚はしてもいい。するしかないって覚悟している。でも、それは対等な立場での婚姻でありたい。

そりゃ私と豪には、本家と分家という格差がすでにある。でも、人間としての能力的には、私は彼より劣っているつもりはない。豪主導で結婚するなんてまっぴらだ。

「おじいさん」

言われっぱなしの豪が、やっと口を開く。

「翠さんは今の案件のバディでもあります。中学からの長い付き合いですが、同じ目標に向けて協力し、力を合わせるのは初めてです。今は俺たちにとって、とても大事な時期なんです。もう少し見守っていただけませんか」

豪は薄く微笑んで続ける。

「もちろん、翠さんに嫌われないよう努力もしなければなりませんね」

このタイミングだ。すかさず私も口を挟む。

「豪さんとお仕事ができる今が、とても幸せなんです。公私ともに支え合えるパートナーを目指して頑張りたいと思っています」

ニコッと最高の笑顔を作り、『ね？』と言わんばかりに隣の豪を見上げる。すると彼も心得たもので、普段は絶対……可愛い彼女以外には見せないだろう優しい微笑みで、私を見下ろしてくる。

仲睦まじい婚約者同士ごっこ。たぶん、普段の私たちを知っている局長が笑いを堪えている。豪の陰で見えないけどね。

「ふん。まあいい」

おじい様が呆れたようにため息をついた。引き下がってくれそうな雰囲気だ。

「ともかく、結納の日取りは早々に決めなさい。本家の跡取りの結婚だぞ。あまりだらだらと引き延ばしては、分家の連中に示しがつかない。特に甥《おい》や姪《めい》の血筋は、斎賀の本流に取って代わろうと虎視眈々《こしたんたん》と狙っていることを、頭に入れておけ」

斎賀は当主と、その家族が本流。当主の兄弟の血筋は、斎賀を名乗っても分家と同じ扱いになる。特務局にも数名、斎賀の一族はいるけれど、扱いは私たち朝比奈と変わらない。

私的には、そういう古くさい一族主義を貫いているから、面倒事が多くなると思うんだけど。本家を誰が継いでもいいじゃない。同じ斎賀なんだから。

「翠嬢」

不意に声をかけられ、慌てて笑顔を向けると、おじい様がふさふさした眉毛の奥で、ぎらっと目を光らせた。

「あなたの仕事は子どもをたくさん産むことだ。斎賀の血を絶やさぬよう、本流の血を絶やさぬよう」

「……はい」

笑顔、引きつってなかったかしら。


駐車場で局長とは別れた。今日、私の送り迎えは豪が担当だ。

豪の車の助手席に乗るのは、過去に何度か経験があるけど、緊張しないわけじゃない。ほら、豪に特定の彼女がいるなら、私の痕跡を残しちゃ駄目じゃない。

いや、別にいいのか。その彼女は豪に許嫁がいることを知って付き合っているんだろうし。許嫁の存在を隠す豪じゃないだろうし。

それにしたって、ここ数年は豪に彼女らしき存在を確認できない。学生時代みたいに決まった彼女はいないのかな。私には関係ないことですけれど。

「じいさんの言うこと、真に受けるなよ」

不意に豪が言った。なんのことか一瞬わからなかったけれど、先ほどの会食の件だと理解する。

「ああいう言い方をされて不快だろ」

「まあ、子どもをばんばん産むマシンだとは思われてるわね。斎賀本家量産計画」

皮肉交じりに自分で言った言葉に、ちょっと嫌な気分になる。

「あの年代だから……じゃないな。じいさんの性格だ。自分が一番、自分の血統が一番。人生かけて一族にマウントを取り続けてる。俺も翠も、じいさんの駒のひとつ」

「ある意味、斎賀のトップに相応しい気質かもね」

局長も豪も、きっとあんな風にはならない。

私は斎賀という一族は嫌い。生まれたときから斎賀だから、親族間の面倒くささに慣れているだけで、うっとうしいことには変わりない。

でも局長や豪が、斎賀の因習みたいなものを変えていけたらいいんじゃないかなとは思う。

「局長に気を使わせて、申し訳ない気分になっちゃった。今は、子どもを作らないご夫婦は普通よね。ご夫婦だけで世界が完結してるふたりっているもの」

「それもな」

豪が言葉を一度切って、数瞬の間の後に続けた。

「猛さんのところは子どもができなかったんだ。というか、奥さんの幸恵《ゆきえ》さんは、若い頃に病気で子宮も卵巣も取ってしまったそうだ」

「え、そうなんだ」

私は何度か会ったことのある局長の奥様を思い出す。細身でしゃきしゃきしていて、笑顔の素敵な快活な女性だ。一般企業で部長職をしていると聞いた。局長みたいな素敵な男性のパートナーにぴったりな印象だった。

「猛さんはそれを知ったうえで、じいさんや曾じいさんに隠して結婚した。知ってるのはごく一部の身内。子どもが望めないとわかれば、連中は絶対に反対するだろう?」

確かにそうだろうな。私のことも『斎賀の本家血統を残す分家の嫁』って扱いだし。女性の扱いが人権無視なのだ。

「幸恵さんのことを調査したりしなかったのかな」

「当然、斎賀の外の人間だから、前科前歴、傷病歴、素行、借金の有無まで調べられるさ。うちの親父とじいさんの秘書がごまかしたんだよ。結託して、上がってきた調査報告を改ざんした。特に秘書の矢向《やむかい》さんは、じいさんと特務局にいた人間だ。その辺は得意なんだよ」

「へえ。豪のお父さんも秘書さんも、局長の恋を応援してたんだ」

斎賀の中にも心ある人がいるって話は、嬉しく感じる。血筋を残すことが結婚じゃない。大好きな人とずっとずっと一緒にいることが結婚だもん。

「だから、猛さんは言ってるんだ。『俺たちは子どもを作りません』って。そういう主義ですって」

「いいと思う。私も誰にも言わない」

「そうしてくれ。……俺たちに、その役割を肩代わりさせてしまったと思ってるんだろうな、猛さんは」

愛する人同士が一緒になるのも大変なこの世界。私なんか愛してもいない、むしろ嫌いな相手と結婚しなきゃならない。

それでも斎賀を出ないのは、局長には、ここにいる意味があるからなんだろうな。それは私もきっとそう。

我が家は青山にあるので、一般道でもあっという間だ。間もなく到着する。ドライブが終わる。

「ねえ、豪。一応聞くけど、私たちの間に子どもができなかったらどうする?」

口にしてから、あまりいい質問じゃなかったなと感じる。だって普段は許嫁同士だと意識せずに生きている。子どもの話はちょっと生々しい。

「そういうこともあるだろ」

豪はこともなげに答える。

「でも、豪は本家の血筋を残せる唯一の人間でしょう? 私と離婚して、分家やよそから新しい奥さんをもらうことになるんじゃゃ?」

「そんなことまで、じいさんたちに決められてたまるかよ」

馬鹿らしいと言わんばかりにため息をつき、ハンドルを切る。我が家は目の前だ。

「不妊なんて女側だけの理由じゃない。俺の方の問題かもしれない。できなきゃ相手を替えろって、動物かよ」

「でも、おじい様は黙ってないんじゃない?」

「騒がせておけばいいさ。いずれ、猛さんが斎賀の当主だ。猛さんは否定しない。不妊治療してみて駄目なら、分家から養子をもらえばいい」

私が驚いたのは、豪が結構考えていたってこと。その場の思いつきで言っているわけじゃないだろう。普段から私との結婚後のことをちゃんと考えているんだと思うと、新鮮な気持ちになった。

「それとも、翠は俺と縁が切れるチャンスがあれば、そっちの方がいいか？」

聞き返されて、なぜか私は慌てた。

そりゃ、豪と離れられるなら、それはそれでいいかもしれないけれど……。

「ウエディングドレスは一生に一回で充分。相手を替えてもう一回なんて面倒は嫌よ」

「すぐに再婚できると思っている自信が、さすがだな」

「当然でしょ。引く手あまただっつうの」

「結構なことだ」

豪が口元を緩めて笑っていた。さっき、中華料理店で見せた演技の笑顔じゃない。

彼が私に見せる笑顔は、こんなあっさりした感じ。

でも、この笑顔が一番長く見てきた笑顔だから、私としてはなんとなく安心する。

「駐車場までで、いいってば」

「おまえのご両親に挨拶しなければならないだろう」

マンションの来客用駐車場で押し問答をすること五分、豪が帰らない。許嫁の役割として、玄関まで私を送るつもりらしい。

拒否する私を無視して、結局、無理やり家までついてきてしまった。

「まあ、豪くん。お久しぶり、よく来てくれたわね〜」

玄関を開けると大歓迎の母と遭遇。豪も愛想よく「お久しぶりです」なんて受け答えしている。

「送ってくれただけ。すぐに帰るから」

「翠、そんな意地悪な言い方しないの。豪くん、上がっていかない？　朝比奈もいるからお茶しましょうよ」

今日は日曜なので、父も家にいる。

やだあ、両親と私と豪でお茶会なんか、やだあ。

「豪、忙しいよね？　これから実家でムキムキトレーニングするんだもんね。お茶してる暇ないよね！」

隣の豪に『とっとと帰れ』の表情でせっつけば、彼がニヤリと笑った。

「まだ時間は大丈夫だ」

「はあ⁉」

「ありがとうございます。お邪魔します」

豪は勝手に言って、私より先に靴を脱ぎだす。

どうやら私の早く帰れオーラが面白いのだ。嫌がるなら居座ってやろうってこと？本当に性格が悪い。

リビングのソファには父がいて、家族団欒《だんらん》の場に豪が闖入《ちんにゅう》した形になる。

「ケーキ買っておいてよかったわ」

母は嬉しそうにキッチンでロールケーキを切り分けている。

あ！　あのケーキは私の大好物の『ローゼン』のフルーツロール！　母は大きめの四等分に切り分けているけど、こいつがいなければ、この四等分のうちふたつは私の取り分だったのに。うう、悔しい。

「ありがとうございます」

「今日のランチはどうだったかな？」

父が聞き、豪はにこやかに答えた。

「祖父が孫の顔を見たくて集めたようなものです。僕があまり寄りつかないもので」

「斎賀のおじい様は、とてもお元気だと聞いてるわ。あの方は特務局始まって以来の傑物だと言われてるものね」

母がロールケーキの皿を各人の前に置いて言う。

豪のおじい様の武蔵氏は、特務局の現在の業務を確立した人と言ってもいい。徹底的な一族主義でありながら、調査分析能力に長けた専門家を集めるのがうまかった。すごい人であるのはわかるんだけどね。

「祖父の我儘《わがまま》に翠さんを付き合わせてしまいました。せっかくの休日なのに」

「あら、でもおかげで私たちは豪くんとお茶ができるんだわ」

「もっと頻繁に遊びに来てくれていいんだよ」

「ちょっと、お父さん」

私はイライラと言葉を遮る。

「仕事も休日も一緒だなんて、お互いストレスが溜まるだけよ。妙な誘い方しないで」

「翠、どうして意地悪なんだい。おまえは」

「照れちゃうのよ。豪くんとふたりで私たちと話してると」

うちの両親は豪がお気に入りだ。私と豪の仲がイマイチなのも、『そのうち夫婦になるんだし。照れてるだけ』と楽観的な目で見ている。

豪も我が家に来ると常ににこやかで、両親と積極的に話をするので、気に入られる婿の要素はたっぷりなのだ。

私はフルーツロールをぱくぱく口に運びながら、肘で横の豪を小突く。じろっと見上げ、『これ食べたら帰んなさいよ』と目で伝えるけれど、彼はうっすら見下したように笑うだけ。

こいつ、どこまでも私をからかいたいようね！

「そうだわ。よければお夕飯も食べていって。これから翠と作るから」

母がとんでもないことを言いだした。

ちょっと待って。まだ十五時過ぎよ。夕飯まで何時間こいつを引き止めるつもりよ。それに私、何も作れないわよ。日頃、コロッケの衣をつけるとか餃子《ギョーザ》の餡《あん》を皮に包むくらいしか手伝ってないわよ！

「翠さんの手料理かぁ。僕、まだ食べたことがないんですよ」

私主導で料理は無理だってば。『食べてみたい』って空気を出すんじゃないわよ、豪。一ミリもそんなこと思ってないくせに！

両親が揃って笑いながら答える。

「残念ながら上手には作れないだろうな」

「私が甘やかしちゃって、あんまり手伝いさせなかったの。豪くんのお嫁さんになるまでに、修業させるからね」

おぞましいアットホームなやり取りに身震いしながら、私は話に割り込んだ。

「私、料理は食べる専門だから。作らないから」

「こら、翠」

母が眉をひそめて注意しようとすると、豪が無駄にフォローしてくる。

「はは、大丈夫です。僕はたまに趣味で作りますので、結婚したらふたりで協力して料理しますよ」

うえぇ、あんたが料理？　できるの？　はいはい、できそうね！　なんでもできるもんね！

っていうか、そういう言い方をされると引き下がれなくなるんですけど。料理くらい私だって……。

言葉を探して顔をしかめていると、豪が続けて言った。

「翠さんとお母さんの手料理をぜひご馳走《ちそう》になりたいんですが、この後、実家に顔を出す約束をしてしまいました。母も何か作っていると思います。おふたりの手料理はまた次の機会に」

「あらそう、それなら仕方ないわ。そうそう、それならお母様に……」

母はケーキもそこそこに、豪の実家にお土産《みやげ》を包みにキッチンに向かった。この前、お取り寄せしたメロンゼリーをおすそ分けするつもりなんだろう。

「翠、よければ俺の実家に来る？　母親は喜ぶと思うけど」

ぜっっったい嫌‼と思ったけど、それは豪に対してであり、脳裏によぎった豪のお母さんのほんわかした笑顔に、強い拒否ができなくなる。

豪のお母さんは斎賀の人間ではなく、お父さん共々、外務省勤めのバリキャリだ。その割に『おっかさん』といった柔らかな雰囲気の人なのだ。豪はムカつくけど、豪のご両親は嫌いじゃないもの。

「ざっ、残念だけど、また今度にするわっ。お母さんによろしく伝えて！　お父さんにもっ！」

顔を引きつらせて言う私を、豪が笑いを堪えながら見ていた。

国内では老舗《しにせ》で、一流のサービスを提供する大東《だいとう》ホテルは、平日ということもありビジネス客が多いように見えた。

企業のパーティーが入っている様子で、エントランスには何人か正装の男性や華やかな女性が見えるけれど、それ以外は落ち着いている。

私はワンピースの裾を直して、コーヒーをひと口飲んだ。ラウンジでくつろいでいる、いいところのお嬢さん。それが今の私の役だ。

やがてフロントに近づいてくるのは、五十代とおぼしき男性とその細君らしき女性。

一見して上品な佇《たたず》まいだ。

「ターゲット確認」

イヤホンについた小さなマイクに向かって呟《つぶや》く。

『了解、移動しろ』

イヤホンから豪の声が聞こえた。

仕事中だからいいけど、なんか高圧的に聞こえるのよね。

「りょーかい」

私はぞんざいに答える。もちろん、これは決められた手順なので従う。

今日、私と豪は鬼澤正作の調査に直接出向いている。くだんの建設会社の会長と、懇意にしている暴力団関係者と、会合を開くという情報を掴んだのだ。

『鬼澤は妻とスイートで一泊する予定になっているが、その間、どこかで連中と接触する。翠、早めに隣のセミスイートに入れ』

「わかってるわ。自然な距離で後を追ってるわよ」

私たちは隣のセミスイートを取り、動向を確認する予定だ。会合はスイートの室内で行われるのかもしれないと踏んでいる。

私が客室に詰め、豪がエントランスやロビーで張り込み、最終的には合流する予定だ。会合の証拠は私たちの目視と、数枚写真があればいい。三人揃っている写真は、スイートの室内での会合なら厳しそうだけれど。

別のエレベーターに乗り込み、同じ十五階フロアで降りた。先に降りた鬼澤夫妻は、スイートの方向へにこやかに歩いていく。私は気づかれないように、その後ろ姿を撮影した。手のひらに収まる小さなカメラで。

鬼澤は小柄でおとなしそうな男性だった。身なりがいいから、ハイソサエティな生活をしているのはわかる。裏で莫大な金を操ったり、部下に罪をかぶせてしっぽ切りするような人間には見えない。

隣を歩く、ふくよかな奥様とも仲がよさそうだ。ぱっと出会ったら、感じのいいご夫婦に見えるだろう。

本当にこの男が悪事を働いているんだろうか。……それを確認するのが仕事なのだから、先入観なしで挑まなければならない。

鬼澤夫妻が部屋に入るのを確認し、私はそっとそこへ近づいた。ドアの最下部にシールを一枚貼りつける。シール型の盗聴器だ。室内の音声は聞こえないけれど、ドアが開けば音でわかる。近づく足音もわかる。

この十五階フロアはスイートとセミスイートしかない。ドアスコープがあれば、スイートの出入りが監視できるが、このホテルにはない。

盗聴みたいな法律スレスレの捜査はしたくない。しかし、公的な証拠にはならなくとも、捜査手法としては一応認められている。プライベートな音声を聞かないのは絶対だ。

セミスイートに入り、豪の無線を片耳に、もう片方に盗聴器の音声を拾うイヤホンをつけた。

待機から一時間、ようやく動きがあった。

「部屋のドアが開いたわ」

豪に無線で伝える。

「ルームサービスや来訪者じゃない。近づいてくる音は何もなかった」

『鬼澤が部屋を出たな。確認してくれ』

「了解」

ドアに耳をつけ、外の音声を探る。防音効果の高いドアと、廊下に敷きつめられた毛足の長いカーペットのせいで足音はよく聞こえない。

そっとドアを押し開けると、エレベーターホールにいる鬼澤が見えた。エレベーターに乗り込むのを待って部屋を出た。

エレベーターはこの十五階にしか停まらない専用機と、一般のエレベーターに分かれる。一般のエレベーターに乗り込んだ様子だ。

停止階は十階。エレベーターはしばしそこから動かないので間違いないだろう。

「十階だわ」

豪に報告して、私は階段を駆け下りた。カーペットのおかげで騒々しくはならないが、ヒールだと足を取られる。駆け足は大変だ。

『了解、十階に向かう』

十階に階段で到着したものの、廊下は静まり返り、鬼澤がどの部屋に入ったかわからない。

幸い、階段から少し身を乗り出せば、十階の部屋のドアはずらりと見える。出入りがあればわかるし、階段は奥まっていて、身を隠すにはちょうどいい。

会合なので、スイートを使うかと思っていた。一般客室に場所を移すとは用心深い。

しばしそこに待機していると、豪が階段で上ってきた。

「エントランスで黒瓦《くろがわら》組の若頭を確認した。これから上がってくるぞ」

かち合わないように階段で来たのだろう。十階分ご苦労なことだ。

「若頭って、私たちとさほど変わらないんじゃない？」

「そうそう。当代の長男で二十七歳。違法賭博と覚せい剤で儲《もう》けてる黒瓦組に、ネット詐欺という稼ぎ場を導入したやり手」

「褒められないタイプの切れ者」

「シッ」

豪に言われ、黙る。エレベーターのドアが開き、噂の若頭が顔を出した。見た目はちょっと派手なビジネスマンといった雰囲気だ。茶髪を撫《な》でつけ、ひょろりと背が高い。割と整った顔をしている。

固唾を飲んで見守る中、若頭が一〇〇八号室のドアを開けた。中からスーツの腕が見える。

間違いない。シャツのカフスボタンは鬼澤のものだ。

豪がすかさず若頭とカフスボタンの腕を撮影する。

私がさっき撮影した写真に、鬼澤のスーツは写っている。カフスボタンまで撮影できているかはわからないけれど、鬼澤に間違いないのは現時点で確認できた。

「俺はエントランスへ戻る。引き続き、虎丸建設の会長が来るのを張り込め」

「わかったわよ」

豪が階段で下りていくのとほぼ同時に、エレベーターが一基到着した。

そこから降りてきたのは、虎丸建設会長で間違いない。六十代であろう恰幅《かっぷく》のいい男性だ。

すると、その男はなぜか一〇〇八号室ではなく、こちらに向かってくる。たぶんトイレだ。階段横にあるから私の姿が見られてしまう。

我ながら目立つ容姿をしている自信はある。用もないのに、こんなところでぶらぶらしていては怪しいだろう。特に後ろ暗いところがある人間には、不審に映るに違いない。

悩む時間は一瞬だった。私はあえて、男の前に飛び出した。

目の前を横切って女子トイレに入る。あえてトイレに急いでいる姿を見せ、隠れているという事実の目くらましにするつもりだった。

しかし急ぎすぎて、どかん！とトイレのドアに激突した。やってしまった。左肩が痛い。

というか、それどころじゃない。かなり目立ってしまった。

「大丈夫ですか？」

私のドジに虎丸建設の会長が反応する。

ど、どうしよう。

咄嗟《とっさ》にくるりと振り返り、ごとんと背中をトイレのドアに預ける。

「大丈夫です。ちょっと……飲みすぎてしまって」

「ああ、上のフロアはパーティーをやってるんですね。お気をつけて」

「ありがとうございます」

そのまま、わざとおぼつかない足取りで女子トイレに入る。

心臓がばくばくと鳴っていた。まずい。ターゲットのひとりに顔を見られてしまった。まだ写真に収めていないのに。

慌てて、豪にメッセージを送る。

【虎丸建設会長に顔を見られた。離脱する】

豪からはすぐに返信が来た。

【了解。ひとまず一階に下りてこい】

隣の男子トイレが空になるのを待ち、そっと女子トイレのドアを開けた。

ちょうど一〇〇八号室の前で、黒瓦組の若頭と虎丸建設会長が話しているところだ。

廊下は直線。私は薄くドアを開けた状態で、右手のひらに仕込んだカメラを起動させる。

ふたりのツーショットを収められたのはよかった。三人が接触していた事実に限りなく近い証拠になる。

今の失態の汚名返上！　……にはならないか。最低限の仕事をしただけだもの。

とにかく離脱だ。連中がこちらに気づかないうちに階段へ退散しなければ。抜き足差し足で女子トイレから出て、階段の近くまで退避する。もう一度携帯を確認して、私が階段を下りようとし始めたときだ。

「ねえ」

後ろから声をかけられ、ぎくりと固まった。

「きみ、パーティーの参加者？」

振り向かずに済ませたかった。しかし、それも不自然だ。

おそるおそる顔を向けると、そこには黒瓦組の若頭がいた。入れ違いにトイレに来て、私の後ろ姿を見つけたのだろう。一〇〇八号室とトイレはさほど離れていない。携帯を確認していないで、さっさと退避すればよかった。

「ええ」

私は消え入りそうな声で答えた。まずい。この男にまで顔を見られてしまった。

「顔色悪いじゃん」

「酔ってしまったようで」

「俺の部屋で休んでく？」

こ、これってナンパ？　いきなりナンパ？

「大丈夫です」

「大丈夫な顔色じゃないでしょ」

仕事の最中にナンパする？　私のこと怪しんでるの？

いや、そんな雰囲気はない。普通に声をかけただけみたいには見える。

でも〝俺の部屋〟って一〇〇八号室でしょ？　密談の場に連れていかれるの？

そんなわけないか。きっとすぐに違う部屋を取って連れ込む気だわ。

とにかくまずい！

「上に戻ってお水でも飲みます」

「それなら、俺んとこで飲んでいきなって」

若頭はひょいと私の腰を抱く。

うわうわ、近い近い近い！　いきなりそういうことする？　プライベートでもこういう男の人は無理だわ。絶対無理。

というか、そもそもこの男は暴力団関係者。見た目は軽い男だけど、中身はとっても危険な男。そして私のターゲットのひとり。

落ち着け、落ち着け。

私はやんわりとその手を外した。幸いにも若頭の手は、さほど力は込められていなかった。微笑んだまま後ずさる。

「友人が待っていますので。ご心配ありがとうございます」

不自然に響かないとは思う。たぶん！

「あっそ、残念」

若頭がニヤニヤ笑うのを後目に、私は踵を返した。内心、心臓が口から飛び出しそうになっていた。

階段で上った十一階にはバンケットルームがあり、企業のパーティーの最中だ。立食形式のため、廊下にも人がたくさんいて、そこかしこで盛り上がっている。奥の喫煙スペースでは何人かの男性がタバコを楽しんでいる。

私はその横をすり抜け、エレベーターに乗り込むと、一階のボタンを押した。

「まずいことになっちゃった」

豪にふたつ目のヘマを報告するのは、気が重い。

一階で落ち合った豪に事の次第を話すと、大仰にため息をつかれた。

わかってるわよ。私がしくじって顔を見られました。

はいはいはい！　ごめんなさい！

「自分が目立つ容姿なのを自覚してないな」

「してるわよ。でも、たぶんパーティーの参加者に見えたと思う」

「会長と若頭に顔を見られている。さらにフロント待機時に、鬼澤の視界にも入っているだろ」

「鬼澤は大丈夫だと思うけど」

「男ってもんは、美人は無意識に視界に入れてるんだよ」

……褒められた……けど、実質は叱られている。

そうよ、容姿をこいつに褒められたところで、どーってことないんだから。言っちゃえば、中学生くらいの豪の方が、私の百倍は可憐《かれん》で美人だったような気がするし。

私なんて……。

「聞いてるのか？」

豪に顔を近づけられ、飛びすさってしまった。

「聞いてる。……私はホテルから出るか、セミスイートに戻って待機してるわ」

「それが安全だろうな。ひとまず客室に引いていろ。三人が一堂に会していた証拠は間接的だがあるし、俺は会長と若頭がここから出るまで張る。そしたら今日は撤収だ」

豪に遅れを取ったばかりか、失態を見せてしまった。仕切られても譲るしかない。

くう、私の馬鹿！

エレベーターホールはロビーの近くだけど、少し奥まったところにある。セミスイートのある十五階まで直通で行けるエレベーターに向かった。

豪も私がこれ以上動かないよう監視する気なのか、エレベーターホールまでついてくる。

「なんにもしないわよ。ちゃんと部屋で待機してるから」

「翠はすぐに俺と張り合おうとする。挽回《ばんかい》を狙って動かれては困るんだよ」

「そこまで馬鹿じゃないわよ！」

「どうだか。信用はしてないな」

イライラと睨みつけるのも、もう何万回目よ。

確かに私が悪かったけど、そういう態度はバディに取っていいものかしら？　この嫌味野郎〜！

次の瞬間だ。エレベーターホールの一番端の一基が開いた。そこから降りてきたのは、例の黒瓦組若頭だ。

心臓が止まりそうになった。

なぜ、ここに？　会合真っ只中じゃなかったの？

あの男に私は顔を見られている。というか、ナンパされている。こんなところでうろついているのを見られるのはまずい。あんまり頻回に顔を合わせれば、勘のいい人間は疑ってくるだろう。真っ当な筋の人間でなければ余計に。

豪も若頭の存在に気づいて息を詰めている。エレベーターホールに人はまばらだ。どうしようか迷う暇はなかった。

私は豪の腰に腕を回し、スーツの胸に顔をうずめた。酔っているように体重を預け、しなだれかかる。

豪は私の意図に即座に気づいた。私の髪を甘やかすように撫で、身体を引き寄せてくる。

「こら、飲みすぎだ」

甘く響く低い声は恋人のもの。私は猫のように顔をすりつけ、豪に甘えてみせる。

「会場には戻らず、部屋に行くか？」

ささやかれる言葉は、漏れ聞こえれば、酔った恋人を部屋に連れ戻す様子だろう。

若頭は私の姿を視認している。さっきの女だと気づいているかもしれない。

しかし、目を伏せて男に甘えきりの泥酔状態の女に、それ以上の注意を払うこともなく、ひとりエントランスへ去っていった。部下が迎えに来ているようだ。

若頭の姿が部下とともにエントランスから消え、ようやく私たちは身体を離した。

「驚いた……急用で会合は中止になったのかしら」

私は豪の胸から顔も離して言う。

「わからない。虎丸建設の会長と鬼澤は、まだ話し合いの最中かもな」

「私の演技、大丈夫だった？」

見上げて豪と目が合うと、胸がドキドキした。咄嗟の演技とはいえ、抱きついてしまった。

豪が馬鹿にしたように、ふっと笑う。

「上出来。ちゃんと酔っぱらい女に見えてたぞ。酔わせて持ち帰れるチョロいタイプの。あの若頭、やっぱり部屋に連れ込んでおけばよかったと思っただろうな」

「とんでもなく失礼なこと言われてる」

「演技を褒めたんだ。素直に取れ」

すると豪は私の腕を引き、そのまま身体を密着させてきた。驚いて腕を振りはらおうとすると、強引に肩を抱かれる。

何、何⁉　なんなの⁉

「虎丸建設の会長もいつ降りてくるかわからない。部屋まで送るから、それまで酔っぱらいのチョロい女のふりしてろ」

「はあ⁉」

「ミス二回分、おとなしく言うことを聞け」

こう言われると返す言葉がない。

私は最高に不本意ながら、豪に肩を抱かれ、セミスイートまで戻った。彼は私が逃げ出さないように、誰も通らない十五階フロアでも私にくっついたまま。

セミスイートに私を放り込むと、「いい子にしてろ」とひとこと。そのままエントランスへ戻っていった。

私はホテルの冷蔵庫からガス入りの天然水を出し、ごくごくと一気に飲み干した。

「はあ。びっくりした」

ベッドに転がり、天井を仰ぐ。

耳に残っている、豪の低い声。恋人を甘やかす優しくて艶っぽい声。

豪と抱き合ってしまった。演技だけど、めちゃくちゃ親密に抱き合ってしまった。

さらに、さっきまでずっとくっついていた。こんなにべったりくっついたの、出会って初めてじゃない？

「あ〜もう、なんなのよ」

いずれ夫婦になる身だし、今回は任務中だし、本当にどうでもいいことなのに、私はさっき抱き合った感触に囚われている。

腕に残る豪の温度に、胸がドキドキしている。

仕方ないじゃない！　男性経験ゼロなんだから。誰とも付き合ったことがないんだから。

「びっくりしただけよ……本当に」

不本意すぎる鼓動に振り回され、目を閉じた。

数時間後、豪に起こされるまで、私はそのまま眠ってしまった。

俺の許嫁は可愛げがない

有楽町《ゆうらくちょう》駅ガード下の居酒屋『くらもと』は昭和の香りのする小さな店だ。学生時代からよく来る場所だが、俺はここのモツ煮込みが好きだ。一番好きな料理と言ってもいいかもしれない。

以前、翠を連れてきたとき、あいつはモツ煮込みを自分の目の前に置き、俺が友人と話している隙に完食してしまった。白メシまで頼んで、ひとりでぱくぱく片付けてしまったのを目にしたときは、思わず声を荒らげてしまった。

これだからひとりっ子は困る。いや、俺もそうなんだが、あいつほど甘やかされてはいない自信がある。翠は甘やかされたお嬢さんなので、うまいものも楽しいものも自分がひとり占めできると思っているところがある。

「ほら豪、モツ煮込み来たよ。食べな」

俺の前にずずいと小鉢を進めてきたのは、陣内 祭だ。

俺たちと同じ二十五歳で、現在はＩＴ系コンサル企業の社長をしている。少しウエーブのかかった茶色の髪に、細身のシルエット。顔立ちは優しげで中性的。雰囲気はヨーロッパの前衛アーティストみたいな男だ。

　俺と翠とは中学から同じクラスで、三人でトップ争いを繰り広げてきた仲間である。闘争心剥き出しの翠と違い、祭は静かに、でも虎視眈々とトップを狙ってくるのが侮れない。俺にも翠にもよきライバルといえる。

「昔、翠がモツ煮込みひとり占めしちゃって、豪がめっちゃキレたよねぇ」

同じことを思い出していたらしい。祭が笑うので、俺は不機嫌丸出しで答える。

「キレてない。人間性を疑うと言っただけだ」

「いやいや、キレてたよ。それで、翠が怒っちゃってさ。ふたりで言い合い始めるんだもん。俺は慣れてるけど、周りの客がびっくりしてたっけなあ。初めて翠を連れてきたときだったよ」

　よく覚えているものだ。確かにそれ以来、俺が来るたび店長の親父さんは何も言わずにモツ煮込みを出してくれるようになり、翠がいるときは小鉢がふたつ並ぶようになった。

　この居酒屋を教えてくれたのは祭で、学生の時分はちょうどいい価格帯だった。

　ちなみに我が家は由緒正しい名門一族だが、俺の両親は学生の息子に好き勝手に小遣いを与えるような人間じゃない。こう見えて、大学時代はアルバイトも経験している。この辺はお嬢様育ちの翠とは違うという自負がある。

社会に出て、そこそこ稼ぐようになってもここを使うのは、純粋に居心地がいいからだ。祭は気取らない性格なので、こういう場所の方が好きなのだろう。

今日は祭とふたり、久しぶりに飲もうと、くらもとにやってきたのだ。

「今日、翠は？」

「両親とメシだそうだ。祭に会えないのを残念がってた」

「よろしく伝えて。今度、別の機会に三人で飲もう」

祭のフラットでどこかのんきな性格は、俺と翠の緩衝材だった。祭がいると場が和む。祭がいると俺も翠も笑える。

というか、翠は俺と祭に明らかな待遇の差をつけてくるのが面白くない。

祭にテストで負けても『今回は譲ってあげるわ』と笑顔で憎まれ口をたたく程度。

俺相手だと、親の仇とばかりの視線を投げてくる。

そりゃ、あいつが俺に勝てたことがないせいなんだろうけれど、どう考えたって婚約者より友人の方を好いている素振りを見せられるのは、しっくりこない。

「仕事、どうだ？」

若き社長に尋ねると、祭はヘラヘラ笑って言う。

「俺はなんにもしてないよ。周りが優秀だから、全部任せちゃってる。俺って、人を見る目だけはあるんだよね」

「お気楽だな」

言いながら、祭にはそういう人徳のようなものが備わっていると思う。

周囲に人が集まるような人間性を祭が持っているのだ。それは俺の伯父の特務局局長にも共通している。俺が目指すのは本来、祭のような男だ。

寛容で柔軟な人間性を養わなければ、特務局をまとめる者にはなれない。さらに斎賀の当主など務まらないだろう。

「豪と翠は相変わらず？」

相変わらずとはどういう意味か。仕事の点だろうな、と俺は答える。

「ここ二年、新人が入ってこないからな。特務局での俺と翠は万年新人の雑用係だ。おかげ様で経験は積ませてもらってるよ」

「あー、仕事の方じゃなくプライベートね。相変わらず、喧嘩ばっかりしてるの？」

「突っかかってくるのはいつも翠だぞ」

祭は納得したように笑う。俺と翠の関係性を一番近くで見続けてきた男だ。

だから、そろそろ気づいた方がいい。俺と翠の間に円満などという状況はやってこないのだ。おそらくは結婚したとしても。

「性格が合わないうえに、翠は俺を嫌ってる」

「性格は似た者同士だと思うけどね。負けず嫌いで、努力家」

祭は言葉を切る。目の前に運ばれてきた焼きそばをどさどさと小皿に盛り、猛烈な勢いで食べ始めた。

酒を飲みだすと、祭は炭水化物が欲しくなるようだ。三十過ぎたら絶対太るぞ、といつも言っているけれど、やめる気はないんだろうな。

「翠のあの態度は〝嫌ってる〟じゃないからね。〝意識してる〟だからね」

祭がもっともらしく言う。口の端にソースをくっつけたまま。

「豪を意識しすぎて、ああいう行動になっちゃうんだよ」

「あいつ、俺に勝てたことないからな」

ふふんと鼻を鳴らすと、祭が馬鹿にしたように肩をすくめた。いいから、口の端のソースを拭え。

「豪も視野が狭いなあ。翠の気持ちはそういう単純なものじゃない」

「俺が嫌いだから張り合うんだろう？　負かしてやりたいんだろう？」

「違うよ。勝ちたいのは、豪に認めてほしいんだよ。翠は豪の視界に入るために、無視できない存在でいるために、ずっと張り合い続けてるんだよ。まあ、無意識だろうけれど」

言われて、ちょっと詰まってしまった。中学一年の出会いを思い出す。

愛らしい婚約者の姿に照れた俺は、翠を避けるような行動を取っていた時期がある。それが彼女のプライドをおおいに傷つけたであろうことは、想像がつく。

翠が俺に突っかかってくるきっかけを作ったのが、俺自身だとしたら……。

「イコール好意じゃないだろう」

「どうでもいいやつなら、無視して終わりじゃない？　おまえらは許嫁同士って特殊な事情があるけど、それだって翠がそこまで張り切る理由にならない。翠はひとりの人間として豪に認められたいんだよ。なんなら頼りにされたいし、褒められたい」

そんな可愛げのある性格だろうか。しかし、キャンキャン突っかかってくる翠をいなしはしても、認めて褒め称えた経験はないなと思う。

「ほい」

祭がカウンターに封筒を置く。中身は何かのチケットのようだ。

「仕事先からもらった。ITとファッションがテーマのショーだって。どんなものか、さっぱりわからん。興味もない。やるよ」

「俺も興味ないぞ」

「翠はあるんじゃない？」

それは翠を誘って行けということだろうか。このチケットをきっかけに、デートに誘えということか？

「翠だって、こういうの興味ないだろ」

「たぶんね。でも、翠、見栄っ張りなところがあるから行くんじゃない？　人並みにファッションに興味ある風に見せてるし、乗ってくるかもよ？」

さすが祭だ。よくわかっている。

翠は俺や祭といる方が、女友達といるより多かった。同性の友人がいないわけじゃなく、女性同士の細やかな気遣いに疲れる様子だった。

だから俺と祭とばかりつるんでいた。しかし、自分がまるっきり女子の好むものに興味を持てないタイプとは見られたくないようで、ちょいちょい女性誌をチェックしては、流行のアイテムを手に入れているのだ。

まあ、意欲的になる一時期だけなんだが。

「豪から誘われたら、翠だって邪険にはしないよ」

「お家のためだしな」

「それは理由の半分だって」

祭が肩をすくめ、それからハイボールのお代わりを頼んだ。わからず屋だと、さじを投げられたように感じる。

ショーイベントにはまったく興味がないが、そこまで言うなら翠を誘ってみるか。


翌週の月曜、俺はチケットを手に翠と話す機会を窺っていた。彼女は出勤が早い。自主的に早くしているようだけれど、この時間に合わせれば必然的にふたりきりだ。業務外の時間だし、プライベートの誘いくらいしてもいいだろう。

しかし、いざ職場に着いてみれば、昨夜からの徹夜組が二名、各々のデスクで突っ伏して寝ていた。調査業務の多い先輩方にはたまにある光景だ。

「シッ。雁金さんと六川さん、爆睡してるから起こしちゃ駄目よ」

寝ているとはいえ、同僚の近くで翠を誘いづらい。職場で翠と俺の関係を知らない者がいないとしても嫌だ。

「翠、自動販売機までコーヒーを買いに行くんだけど、付き合わないか?」

まずはふたりきりになるために誘ってみる。しかし、翠はすげなく答える。

「今、いらないからいい」

「小銭を処分したいんだ。おまえの分も買うから付き合え」

「喉、渇いてないんだってば」

ふたりで話があるって匂わせているつもりなんだが、こいつは鈍いので、まったく気づかない。普通の女子なら俺が声をかければ、ほいほいついてくるぞ。

自動販売機作戦は失敗。

仕事中にプライベートな話をするのは嫌なので、昼休みに食事に誘ってみることにした。

「外でメシを食ってくるつもりなんだ」

昼休み到来と同時に、身を乗り出して小声で告げた。あっさりした返事が来る。

「あっそ。私、お弁当だから」

おまえなあ……。

改めて翠を誘う難しさを感じる。多少はこっちの意図に気づけ、この鈍感。

かつてこいつにアプローチをかけ、こいつと付き合ってきた男たちは、どうやってこの鈍感を誘い出したのだろう。直接的に話があると呼び出す他はないのだろうか。

俺も携帯でメッセージでも送ってみるか。

いや、そういう仰々しいやり方は嫌なのだ。あくまでさりげなく、何かのついでで誘ってみる、くらいのスタンスがいいのだ。

張り切って翠をデートに誘う俺……そういう構図は御免だ。

「あ、豪」

翠が思いついたように言う。

「帰りにコンビニでお菓子買ってきて。個包装されてる、ちっちゃな大福とかチョコレートとか。みんなお疲れみたいだから、甘いもの差し入れしたいんだよね」

千円札を渡してくる翠は、彼女なりに周囲に気遣いを見せているらしい。俺にも気遣いを見せてほしいものだ。

「わかったよ」

俺は千円札を受け取り、昼メシのために外へ出た。

官公庁街の霞《かすみ》が関《せき》は、それだけ人も多く、昼食を食べるところも実は結構ある。夜は小料理屋で昼はランチ中心の定食屋みたいな店でさっさと済ませ、本庁舎内のコンビニで翠指定の袋菓子を購入し、特務局のあるフロアへ戻った。

「斎賀くん」

声をかけられ振り向くと、主計局前の廊下で腕を組んでいる女性を発見した。

「風間《かざま》さん」

風間恋子《れんこ》、俺より三つ年上の主計局の職員だ。

財務省の中でも特にエリートが集められる主計局に、燦然《さんぜん》と輝く若手の星。

頭がいいのはわかるが、さらに顔がいい。隙のないメイクと隙のないファッション。いかにもやり手といった女性なのに、言動や雰囲気に隙を滲《にじ》ませるのがうまい。周囲に高嶺《たかね》の花と思わせない、いわゆるいい女タイプの女性だ。

「最近、あんまり顔を合わせないわね」

「そうですね。下っ端なりに調査業務なんか任せてもらってるせいでしょう」

「そうなんだ。特務の仕事って、あまり表に出てこないけど、若手が仕事のメインを張るなんてなかなかないでしょう。斎賀くん、見込まれてるのね」

風間さんは、上品にカールされた長い髪を耳にかけ直し、赤い唇をきゅっと持ち上げ、微笑む。

「当たり前かぁ、いずれは特務局局長だもの」

「いえいえ。俺みたいな若輩者には、プレッシャーなだけですよ」

「そんなことを言えるのは今だけよ」

　ふふふ、と笑い、風間さんが歩み寄り、背伸びするように俺に顔を近づける。何か内密の話かと思えば、声の音量は内緒話ではない。

「ねえ、いつになったら食事に誘ってくれるの？」

　俺はお愛想の笑顔を作って、頬を掻《か》いた。

「そんなことを言ってくれるのは、風間さんくらいですよ」

　斎賀の次期当主の俺に、一族内の婚約者がいることは、多くの人間が知っていることだ。風間さんも翠の存在をよく知っている。知ったうえで、入省以来、俺にアプローチ的なことをしてくるのだ。

「斎賀くんの可愛い婚約者は置いておいて、先輩と後輩が一緒にごはんに行くくらい、いいんじゃない？」

「風間さんに誘われてるなんて周りに知られたら、ひどいやっかみに遭うかもしれませんね、俺」

　照れてみせると、風間さんはいたずらっぽく笑う。こういう表情は本当にうまい。年上なのに可愛らしいのだ。

「やだ。私から誘うんじゃないの。斎賀くんが誘ってくれなきゃ。そういうものでしょう？」

「女性から誘ってくれたっていいじゃないですか」

「私、見た目より古風なのよ。自分から男性を誘ったりできないわ」

明らかに誘っている状況で、冗談めかして言っても嫌味に聞こえないのだから、風間恋子はさすがだ。この手練手管で、いったい何人の男を陥落させてきたのだろう。

「斎賀くん、ねえ、いつ誘ってくれるの？　週末のたびに予定を空けておかなければ駄目？」

俺ひとりに粉をかけているわけじゃないのはよくわかるが、いい女に言い寄られるのは男として悪い気はしないものだ。

これがもっと若い頃なら、ためらいもなく一夜でも二夜でもお相手してもらうところだが、あいにく俺ももう女遊びをしていい立場でもない。

「週末は他の男性のために使ってください。食事はいずれ」

「もう、意地悪。一緒に時間を過ごしたい相手なんて、いつだってひとりきりよ」

「風間さんは、うまいからなあ」

にこやかに断るのも、いつもの手法。俺がなびかないのも、この人は楽しいのだ。

「そのうち、絶対に時間作ってもらうからね」

「お気持ち、嬉しいです」

風間さんと笑顔で別れ、廊下を曲がるとそこに翠がいた。

咄嗟に思った。聞かれた、今のやり取り。

しかし、思い直す。風間さんの俺に対する態度を、翠は把握しているはずだ。隣の部署だし、彼女の隠す気のないアプローチは、誰の目から見ても明らかだ。

だから、ふたりで会話をしていたのを見られても特に問題はない。そもそも俺は、翠という婚約者がいるからこそ断っているのだ。

しかし、俺は気まずさで鼓動が速くなるのを感じた。翠の無表情も怖い。

「翠、これ」

手にしていたコンビニ袋と釣り銭を渡す。一秒ほどの間の後、翠は馬鹿にしたように、ふんと息をついた。

「ありがと」

踵を返す翠は、どこからどう見ても不機嫌だった。

その日は取りつく島もない状態で、翠は俺とはろくに話もせずに業務を終え、帰っていった。

いくら一緒に調査業務をしているといっても、一番下っ端の俺たちにはやることが多く、作業がかぶらないことも結構ある。

翠は鬼澤の交友関係の裏づけを取っているけれど、風間さんとの一件の翌日、俺にろくに報告もせずに外出しようと準備を始めてしまった。

ひとりでどこへ行く気だ。無茶なことをするつもりじゃないだろうな。

「おい、翠」

見かねて声をかけると、そっけない返事が来る。

「鬼澤名義の土地があるから、登記簿を見てくるだけよ」

「それって、群馬県だろう。今日いきなり行くには遠いし、出張届を出してないぞ」

「今日中に戻るから大丈夫」

翠は頑《かたく》なだ。俺も語調が強くなる。

「やめておけ。地元の法務局だぞ。鬼澤が職員に手を回していれば、俺たちが嗅ぎ回っているのがバレる。手順を踏んで、別ルートから取り寄せよう」

一応、俺たちは特務局だ。一般人の正規手続き以外でも、個人の情報は入手できる手立てがある。限定的だから乱用はできないけれど。

翠はむっとしていながらも、理解はしたようで、どさりと鞄をデスクに置き直した。

しかしどうしたものか。翠がふて腐れている原因は、やはり昨日の俺と風間さんのやり取りだろう。

俺が他の女子と付き合おうが何をしようが、翠は無関心を貫いてきた。その彼女が、風間さんと俺の親しげな会話に苛立つとは思わなかった。

翠は翠なりに俺を婚約者だと思い、独占欲があるのだろうか。恋愛感情に基づくものではなくても、自分以外の女と、軽々と深い仲になるのは嫌なのだろうか。

俺も分別がないわけじゃない。大人になってからは、女性は寄せつけずに生きているつもりだ。翠が心配する必要はないのだ。

しかし、これは直接本人に伝えた方がいいかもしれない。その流れでデートに誘えばいい。

考えながら、わずかに心が落ち着いてくる。

そうか、俺と他の女性に嫉妬するなんて、翠も可愛いところがあるじゃないか。俺が『おまえだけだ』と優しく言えば、案外あの跳ねっ返りは素直に喜ぶかもしれない。

俺の接し方次第で翠をコントロールできるなら、それが一番いい。彼女は反抗的でさえなければ、優秀なパートナーなのだから。

タイミングを計るのはやめだ。さっさと済ませてしまおう。

俺は翠の携帯にメッセージを送った。

【勤務後、話がある。ブリーフィングルームに十八時半】

ブリーフィングルームといっても、特務局のオフィス横にくっついている簡易な会議室だ。

建屋自体が古い財務省に、近代的なミーティングルームを期待してはいけない。応接室前にある待機場所的な小部屋で、長机とパイプ椅子があり、古いエアコンがひとつついているだけの場所だ。

各人の予定が書き込まれたホワイトボードを見れば、今日は誰も使う用事が入っていない。

定刻。オフィスはまだ人も多く出入りがあるが、俺はさも仕事に集中したいとでもいうように書類をまとめて、ブリーフィングルームのドアを開けた。ほどなくして翠も入ってくる。

「何よ」

会議用に長机とパイプ椅子の並ぶ室内。翠は席に着きもせず、腕を組んで仁王立ちだ。眉をきりりと張り、睨むような視線に怒りを感じる。

「おまえの態度が気になったんだけどな」

俺は前置きもなく、はっきり言う。

「昨日の風間さんとの件だが、おまえに勘ぐられるようなことは何もない」

翠は一瞬押し黙り、次に嘲笑めいた笑い声をひと声あげた。

「そんな弁解をするために、わざわざ呼び出したの？」

弁解という言葉に引っかかった。こっちは気遣っているだけで、言い訳したいのではない。やましいこともないし、そもそも翠に交友関係を説明する理由もないというのに。

「食事くらい行けば？　結構前から誘われてるんでしょう？」

興味なさげに顔をそらして翠は言う。

「断っているし、婚約者のいる身で今後も行くつもりはない」

俺も少々ムキになって即座に答える。翠が肩をすくめた。

「好きにすればいいじゃない。今までみたいに。恋愛は自由って決めたでしょう？」

「それは十代の子どもの頃の話だろう」

「知らない。いちいち私に言わなくていいわよ。どうせ形ばかりの婚約者なんだから」

それは、この先もお互いを縛り合わないで生きていこうという意味だろうか。

結婚しても翠は、恋人はよそで作ると言っているのだろうか。

俺はそんな浮ついた気持ちではいない。翠とは不仲だし、この先も仲良くできるとは思っていない。それでも、俺の妻が翠なら、俺は彼女以外の女性とどうこうするつもりはない。

少なくとも、その覚悟は決めていた。しかし翠は違うようだ。

「俺が他の女性と食事に行ったり、深い関係になっても、翠は問題ないんだな」

「高校生のときから豪はそうでしょう？　慣れてるわ」

「お互い様だな」

その言葉に、翠がぎらっと怒りを閃《ひらめ》かせた。

「あんたと一緒にしないでくれない？」

「同じだろう」

「違うわ」

無言。俺も翠も目をそらし、黙り込む。

俺自身も苛立っていて、翠をデートに誘う気なんかもうどこにもなかった。

怒りに任せて、ポケットから祭にもらったチケットを取り出す。長机に滑らせるように投げた。

「斎賀の家のために、おまえとは友好な関係でいなければならない。仕事のうちだと思えば多少は我慢もできるが、むやみに時間を共有するのは、お互いのためにはならないようだ」

ばん、とチケットに手をつき、俺は翠をねめつけた。

「祭から、ふたりで行けともらったものだ。おまえがどこぞの男と使えばいい」

子どもっぽい態度だと理解しつつ、気持ちを抑えきれない。

翠は唇をわななかせ、俺を睨む。

「婚約者のポーズで誘われなくて、本当によかった。二度とくだらない用事で私を呼び出さないで」

彼女はチケットを受け取らず、踵を返した。

「あんたと結婚しなきゃならないなんて、今からストレスで死にそうよ！」

オフィス側ではなく廊下側のドアをばたん！と勢いよく開け、ガツガツと足音を響かせて出ていった。

最悪だ。デートに誘うどころか、険悪度合がマックスになってしまった。

しかし、今回は翠に問題があるだろう。彼女はまだチャラチャラと男遊びをするつもりなのだ。だから、俺にも好きにしろと言うのだ。

いい大人だぞ。斎賀本家を俺と継ぐ覚悟はあいつにはないのか？　翠の好悪は別として、一緒にやっていくパートナーだと思っていたのに。俺の空回りだったのか。

むなしい気持ちでオフィス側のドアを開けると、そこには局長をはじめ、六川さんたちベテランメンバーが詰めかけていた。

「ちょ、え？　なんですか……」

凍りついて、思わず声が上ずる。

「斎賀〜」

「豪、おまえさ〜」

口々に俺を呼び、ため息をつく諸先輩方。もしかして、今のやり取りは全部聞かれていたのだろうか。

「盗み聞きですか？」

「いやいや。エキサイトしてくると、おまえら声でっかいよ」

雁金さんがぼそりと言い、他の皆がうんうんと頷く。俺は青くなっていいのか赤くなっていいのかわからない。

「可愛い婚約者に『他の男と行け』はないよな」

「朝比奈、かわいそう」

「今頃、泣いてるんじゃないか？」

かわいそうなのは俺の方だ。しかし、諸先輩方はそうじゃないらしい。局長がニヤニヤしながら口を挟んでくる。

「ふたりのことはふたりにしかわからないと思うけれど、豪は余裕なさすぎだと思うぞ～。器の小さいところは仕事にも出てきちゃうかもな～」

『余計なお世話だ、おっさん』と思いつつ、身内とはいえ上司なので反論ができない。

その後も、俺は先輩と上司に散々ディスられながら残業をする羽目になった。

翠はオフィスに戻ってこなかった。

あんな男と結婚するなんて

最低最悪の気分でも朝はやってくる。

私はどうやら健康優良児らしく、気分がめちゃくちゃに沈んでいても朝は起きられるし、ごはんは美味《おい》しい。そう、今朝も母が用意してくれたフレンチトーストが美味しい。いただき物の高級はちみつと母特製のイチゴジャムがついている。

大変だ、とんでもなく美味しい。マグカップたっぷりのカフェオレと一緒に、いくらでも食べられる。

お腹いっぱいになると、嫌でも仕事に行くために仕度を始めなければならない。メイクをして、髪にヘアアイロンを当て、通勤服を着て……。

はあ、仕事に行きたくない。

この憂鬱な気分は、ここ一週間ほど続いている。

原因は婚約者だ。あの超絶大馬鹿野郎の豪のせいだ。

あいつと言い合いになって以来、毎日の仕事がやりづらくてしょうがない。バディを組んでいる以上、話さないわけにもいかないし、最低限のコミュニケーションで調査を進めている。

わからないところは先輩たちに聞き、なるべく豪を頼らず仕事をしているけれど、彼はそれも面白くない様子で、最近はこっちを見もしない。

は〜ら〜た〜つ〜‼

今日も私は沈みきった心地で出勤だ。早くこの業務を終えたい。いや、業務が終わっても結局、私と豪は将来的に結婚するのだ。地獄は続く。

だいたい、この前の豪ときたら、なんなのだろう。

主計局の風間恋子さんが豪のことを狙っているのは、なんとなく知っていた。口説かれているのを見たのは初めてだけど、その言い訳を豪がしてくる理由はない。

あいつめ、偉そうに『勘ぐられるようなことは何もない』ですって？　勘ぐってないわよ！

豪がどこの誰とごはんに行こうが付き合おうが、私には関係のないことです！　家のために結婚するだけの相手……それはずっと前に合意したじゃない。それを恩着せがましく弁解してくるんだから。

そして私のことも、男遊びをしている女みたいな言い方をするのがムカつく。

私は豪と違って、誰とも付き合ってません。本家の許嫁を差し置いて、彼氏なんか作れません。分家の人間なので、本家より派手なことはできないんです～！

豪みたいに切れ間なく女の子と付き合いまくっていたやつに、お互い様だなんて死んでも言われたくない。

最近、豪は彼女がいるような素振りは見せていない。だからって、偉そうに言ってこないでほしい。

ああ、本当に腹が立つ。豪なんて嫌い。めちゃくちゃ大嫌い。

財務省庁舎に到着し、いつもの古いオフィスフロアに階段でたどり着く。すると、横から声をかけられた。

「朝比奈さん」

振り向く前に、甘ったるい声ですぐに気づいた。

「おはようございます、風間さん」

私は振り返るなり、頭を下げて挨拶した。

風間恋子は今日も『女』丸出しのスタイルで微笑んでいる。カールした長い髪をまとめもしない。絶対に仕事中、邪魔だと思う。

ボディラインを強調したスーツは、肩パッドさえ入れたら、バブル時代に一世を風《ふう》靡《び》したボディコンに見える。ピンヒールを職場で履く価値観がわからない。オフィスにはきつそうな激甘な香水の香り。

あ〜、もう。出会った瞬間から今の今まで、気の合うところが一ミリも見つけられない人〜。キャラ違いすぎて苦手〜！

「ねえ、朝比奈さん、ほんの五分ほどいい？」

風間さんは手招きして、廊下の隅に私を連れていく。

なんだろう、面倒くさい。

いや、どうせ豪絡みでしょ？　はあ、やっぱり面倒くさい。

「あのね、斎賀くんと金曜に食事に行っていいかしら？」

開口一番の質問に私は狼狽《ろうばい》した。そりゃ、なんとなく豪のことかなと思っていたけれど、ストレートな言葉に驚いたのだ。

「お、お好きにどうぞ。私に断ることではないです」

答えながら、豪が彼女を改めて誘ったのだと思うと気分が暗くなる。食事に行くことが確定だから、私に牽制《けんせい》してきているんでしょう？

豪も『食事はいずれ』とかなんとか断っておいて、随分早い『いずれ』だ。

「ありがとう。私ね、斎賀くんと付き合ってみたいって思ってるの」

風間さんはぬけぬけと言う。私の顔色を窺う気なんてゼロの様子だ。

「朝比奈さんの立場になり替わろうなんて思ってないわ。結婚するのは朝比奈さんだって、ちゃんと理解してる。でも、今はまだフリーでいいのよね。斎賀くんと恋する時間は残されてるってことよね」

何を言っているのだろう。遊びでいい？　期間限定でいい？　豪と付き合うから見逃せって？

なんて傲慢で挑発的な態度だろう。

「彼が望むなら、いいんじゃないですか？」

何を言っても無駄よ。私には関係ない。どうでもいい。好き勝手にやってちょうだい。こんな非常識で壊滅的に価値観の違う女を選ぶなら、豪の趣味は最悪だけど、私が心の中で見下せば済むことだもんね。

そうよ、豪が風間さんに本気で恋すればいいんだ。そして『翠とは結婚できない、俺は風間さんと結婚します』とかなんとか、おじい様の前で言い張ればいいんだ。

そうすれば、分家の私はお役御免。晴れて無罪放免！

「朝比奈さんって懐が深いのね。理解あるわぁ」

褒められているのにけなされているように感じるのは、私がひねくれているから？

ううん、この女の言葉に滲んでいる。『女として格上の私に譲って当然よね。最後は返してあげるんだから』って余裕が！

「いちいち私に確認取らなくていいですよ。やり取りは豪とお願いします」

私は早々に話を切り上げ、オフィスに向かって歩を進めた。

風間さんの視線が背中に貼りついているようで、廊下を曲がるまで気分が悪かった。

豪が風間さんと食事に行く。もしかしたら、そのまま付き合うかもしれない。

そのことが頭をもたげている。こうなるとすこぶる気分が悪いもので、豪との喧嘩も相まって、オフィスにいるのがことさらしんどい。苛立って仕事をするものだから、ちょっとしたミスが多い。

情けない。仕事にプライベートが影響しているなんて。

本当に豪は風間さんと食事に行くのだろうか。いや、きっとあそこまで風間さんが自信満々に言うってことは、豪から誘ったのだろう。そして、ふたりはその日のうちにホテルでベッドインだ。

風間さんは職場でおおっぴらに豪と付き合っていることを吹聴し、やがて私と豪の結婚が本格的になれば、『身を引いてあげた』と、いい女を気取るのだ。

うん、私、あの人嫌い。想像でここまで悪感情を抱いているなら、もう隠すこともないでしょ。嫌い嫌い。ああいう女、嫌い。

そして、見た目ばっかり派手ないい女気取りを選ぶ豪は、もっと嫌い。大嫌い。

一方で私は、自分自身にも苛立ちを覚えていた。豪のことで情緒不安定になるのはどうしてだろう。

豪のことは嫌い。だけど、なまじ婚約者の立場にいるから、まったくの無関心ではいられない。そして豪に『恋愛は自由』と言ったのは、そもそも私なのだ。

『どうせ、いつか結婚しなきゃならないんでしょ？　私たち。それなら、結婚までの恋愛にはお互い干渉しない方がいいんじゃない？』

……なんて、大人びた言葉を吐く中学三年生がどこにいるのよ。

ここにいた！　私だ！　私のばーか！

自分で恋愛は自由宣言をしておいて、豪の挙動にやきもきしているとは、馬鹿者以外の何者でもない。

あの頃の私は思ったのだ。

豪はモテる。そして、私に興味がない。それなら、婚約者だからと縛りつけることはいけない、と。

『お互いに干渉しない』と言ったものの、私個人は恋愛をするつもりは毛頭なかったし、豪ひとりが自由になればいいと考えてのことだ。

自分で決めておいて、豪に彼女ができた途端ショックを受けたのは誰だったっけ。

私よ、私。本当、私のばーか！

高校に入ってすぐに可愛い彼女を連れて歩いている豪の姿は、目をそむけたくなるほどつらいものだった。私はこのとき、まだ彼に未練があったのだ。

王子様みたいな婚約者は私を選ばなかった。そのことに深く傷ついた。私があんなことを言わなければ、豪は彼女を作らなかったのかと、自分の言葉に後悔した。

しかし彼女が三人目、四人目となってくると、私もだんだん慣れてきた。豪は数ヵ月で彼女を替える。

ええ？　嘘でしょ？　付き合うってそんなに簡単なものなの？　あっという間に別れちゃえるものなの？

きっと、あいつは人間的に問題があるんだ。だから彼女たちはすぐに豪を捨てるのだ。私はそう納得していた。

だから、今の感情は完全なる想定外。

久しぶりに豪に彼女候補ができたら、高校時代に気持ちが戻ってしまうなんて。

そうだ。ここ最近、豪が誰とも付き合っていなかったから驚いただけ。もしかしたら、裏では女の子をとっかえひっかえしていたかもしれないしね。

「朝比奈」

声をかけられ、はっと顔を上げた。局長が私の顔を覗き込んでいる。

「はい、なんでしょう?」

つっかえずに答えられたことに、ほっとした。局長は、ニコッと笑って言う。

「お昼、外に食べに行かない?」

「よ、喜んで」

今度はどもってしまったけれど、どうにか言葉になった。局長にごはんに誘ってもらえるなんて嬉しいことだ。鞄の中にある菓子パンは残業時の夜食にしよう。

虎ノ門《とらのもん》方面へ歩き、局長に連れられてやってきたのは小料理屋だった。お昼どきは夜の価格より安めの定食を提供している。このあたりではよくあるタイプの店だ。

煮つけが美味しいというので、かれいの煮つけ定食を頼む。ごはんは大盛り、しらすおろしの小鉢も追加だ。だって、しっかり食べないとお腹が空くんだもん。

「朝比奈が、元気がないってみんな心配してるよ」

局長が言う。元気がないと心配されながら、大盛りごはんを食べる私って……。

いや、これはたぶん、私と豪の間に起こっていることについてだろう。

「すみません。元気がないつもりはなかったのですが、注意力が散漫でした。気をつけます」

「そういうことじゃなくてさ。豪と喧嘩でもしたのかなあって」

私は押し黙った。

局長は今、豪の伯父として話してくれている。しかし、私にとっては上司でもあるわけで、職場で婚約者との不仲を見咎《みとが》められたことを恥ずかしく思った。

「私生活と混同しているように見えたら申し訳ありません。今後、そのようなことがないようにします」

「今は家族として話してほしいな。親戚のおじちゃんにさあ」

おどけてみせる局長に、さらに申し訳ない気持ちでいっぱいになる。気を使わせてしまっている。

「豪がまた変なこと言った？」

否定しても仕方ないけれど、頷くのも……。

困っていると、局長は勝手に解釈して言ってくる。

「あいつ、気遣いの点で欠けてるよな。それって、朝比奈に対する甘えだと思うんだけど」

「お互い様かもしれません。私も豪には言うことなすこときついですから」

なぜか局長には素直な言葉が出てくる。うん、今はこのまま、本当の気持ちを聞いてもらいたい。

「本当は喧嘩したいわけじゃないんだと思います。そりゃ、仕事やその他のことで負けたくはないけど、ずっと険悪でいたいわけじゃなくて。……いずれ結婚する関係ですから」

「豪本人は朝比奈のこと、嫌ってるんじゃないからね。ただ、あまりにも子どもの頃から一緒で、気の使い方や大事にする方法がわかんなくなってるんだよ」

局長のフォローは豪のためでもあり、私のためでもある。

そして、接し方については私も一緒だろう。豪にどんな態度を取っていいかわからないことは結構ある。

「朝比奈に大人になれって言ってるんじゃないよ。豪の素直じゃないところを、一歩引いて見てあげてくれないかな。同じ土俵で戦うのも楽しいかもしれないけど、たまにどっちかが引いて、カッカしてる方を包んであげる。夫婦ってバランスだと思うんだよね」

いつも豪と張り合ってばかりで、そんなことは考えていなかった。

私が不快にばかり感じていた風間さんは、それでも大人だ。豪からしたら居心地のいい相手なのかもしれない。

適度に恋人を立て、適度にリードし、適度に甘える。そんなバランスが大人の女に必須な部分で、子どもっぽく張り合うばかりの私といても疲れるだけだろう。

「局長、本当にすみません。お気遣いさせてしまって」

「いやいや、老婆心ってやつ。豪は子どもの頃から、朝比奈の写真を毎年送ってもらってたんだ。小学一年生のときかな。あいつ、アメリカに遊びに行った俺に言うんだよ。『ねえ、翠って、俺の奥さん知ってる？』って」

豪の子どもの頃の話は、ほとんど知らないので気になる。

俺の奥さんという言い回しを小学生が使うの？　こまっしゃくれた豪なら言いそうだな。

「『会ったことあるよ』って言ったら、『あの子って妖精かな？　すごく可愛いじゃん。妖精と人間は結婚してもいいの？』って聞くんだよ」

聞いたこともない小さな豪の話に、私は瞬時に耳まで赤くなった。

「『愛し合ってたら種族なんて関係ないさ!』って言ったら納得してた。な、可愛いだろ? 今は可愛くない生意気なやつになっちゃったけど、あいつの中には小さな朝比奈に恋してた豪くんがいるんだよ」

恥ずかしくて言葉が出ない。嬉しいような困ったような気分だ。

「ふたりでゆっくり話すと、違うものも見えてくるんじゃない?」

「はい」

小声で答えた。まだ頬が熱かった。

小さな豪の可愛い発言が、いつまでも私の心を捕らえていた。小さい豪なら優しくできるし、愛せそうなんだけれど。

結局、豪とろくに話せないまま金曜はやってきてしまった。

定時前、すでに職場にはほとんど人がいない。たまたま何人かは調査業務で不在。局長は午後いっぱい会議だ。

定時を過ぎると、居残っていた先輩方も、金曜くらいは、と定時帰宅していった。

「朝比奈も、あまり根を詰めるなよ」

先輩に言われ、顔を上げる。

「はい、なるべく早く帰ります。お疲れ様です」

豪は午後はずっといない。私たちが手がけている鬼澤の件ではなく、局長から直々に頼まれた案件のため外へ出ている。

そのまま風間さんと食事に行くのだろうか。私は止めるすべもないまま、こうしてここで仕事を片付けている。

口を出す権利がないという気持ちは、いまだにある。

豪が誰かと食事に行ったり、抱き合ったりすることを否定するのは恋人の権利だ。でも、あんな風に険悪なやり取りで、豪の〝浮気〟の背中を押すのは違う。

局長も言っていた。話し合うべきだと。カッカせずに、一歩引いて大人として話し合った方がいいのは確かだ。

それなのに、ぐずぐずときっかけを見いだせないでいるうちに今日だ。

情けない。ずばっと決めて、さくっと行動するのが私なのに、どうして豪相手にそれができないんだろう。

私は、豪が風間さんと食事に行くのが面白くない。それは認めるべきなんだと思う。

しかも、風間さんが嫌いという理由じゃない。豪が私以外の女性と親密になるのが嫌なのだ。豪のことなんか好きでもなんでもないのに。

この矛盾した感情が、過去の初恋の名残《なごり》なのか、婚約者のプライドのせいなのかはわからない。

私は豪とどうなりたいのだろう。『他の人と付き合わないで。私はあなたの婚約者なんだから』……そう言いきれる自信はない。

だって、私のきつい性格も、豪に張り合ってきた過去も消せないもの。豪に好かれる要素なんか……別に好かれたいわけじゃないけれど。

そう、円満にやりたいの。それだけよ。円満に夫婦になりたいの。どうせ逃げられないんだから。

それなら局長の言う通り、私が折れてでも豪に優しくすべきなのかな。

時計を見る。気づけば十九時過ぎだ。待ち合わせなら、そろそろかしら。豪の鞄はないし、やっぱり直帰なのかな。

がたんとドアが開き、弾かれたように顔を向けると、そこには会議から戻ってきた局長がいた。

「朝比奈、お疲れ様。まだ終わらないか？」

「お疲れ様です。ええと……あと少しです」

本当は、ある程度終わっていた。雁金さんの手伝いでまとめていた資料は仕上がり、鬼澤の件は最後に豪と打ち合わせを終えれば、第一弾の報告書を上げられる。

いつ帰ってもいいのに、ひとり帰るのは落ち着かなくてオフィスにいる状態だ。

「そうか、気をつけて帰りなさいよ。俺は先に上がっちゃうけど。奥さんと約束があるんだよね」

「そうなんですね。それなら急いで帰らないと！」

「大丈夫、大丈夫。十九時半に、ここの近所だから」

局長はパソコンの電源を落とし、鞄を持つと早々に立ち上がる。私のデスクにやってきて、ことんと何かを置いた。

「はい、これあげる」

小さなボックスに入っているのはお菓子だろうか。

「なんですか？」

「チョコレート。奥さんがいっぱいもらってきてさ。新商品の試作品みたいだよ。取引先がくれたんだって」

箱はコンビニやスーパーで並ぶパッケージよりは、百貨店のスイーツ売り場でガラスのショーケースの向こうに鎮座していそうな、高級感のあるものだ。中身はきっとお高めで美味しいチョコレートに違いない。

「ご馳走様です。でも、いいんですか？」

「たくさんもらっちゃって困ってるんだよ。奥さんが『職場でおやつにしなさい』って言うんだけど、食べ損ねて今に至ります」

「あはは。そういうことでしたら頂戴します」

残業のお供にいいかもしれない。私の表情が緩んだせいか、局長が言った。

「ほどほどで帰りなさい。朝比奈は頑張りすぎ」

「人より仕事が遅いだけなんです。もう少ししたら帰ります」

このまま局長と一緒にオフィスの鍵を閉めてしまおうかとも思ったけれど、こうなったらキリのいいところまで片付けよう。

局長を見送り、パソコンに向き合う。

すると、間を置かずドアが開いた。局長が忘れ物でもしたのかと顔を上げると、そこには豪がいた。

「え……豪。なんで？」

「お疲れ。『なんで？』って、なんだ。外出から戻ってきちゃ悪いのか？」

豪はくたびれたように首を鳴らし、ずかずかとやってくると、自分の席にどさっと腰かけた。

「あのアホ局長、面倒な仕事を押しつけやがって」

「たった今、帰ったばっかりよ」

「下ですれ違ったよ。幸恵さんとメシだから、あとはよろしくだとさ」

どうやら、局長からの仕事がかなり長引いたらしい。詳細は聞いていないけれど、斎賀の一族関係の仕事みたいだ。

「ねえ、時間はいいの？」

「いいも何もない。とっとと帰る。さすがに疲れた。メシ食って寝たいな」

前髪を掻き上げ、ため息をついている豪。

そうじゃないでしょう。あんた、約束はどうなったのよ。

「今日は風間さんと食事に行くんじゃなかったの？　彼女、待ってるんじゃない？」

「食事？」

豪が首を傾げた。それから、鼻の先を掻いて答える。

「風間さんがおまえに言ったのか？」

「そうよ。豪と食事に行っていいかって、わざわざ聞きに来たわよ」

「断った」

断ったって、食事を？　てっきりデートは決定だと思っていたので驚いた。

「なんで？　よかったの？」

「よかったも何もない。婚約者のいる身で他の女性と食事に行くつもりはないと、この前言ったはずだ。何も聞いていないんだな」

それは確かにそう言っていたけれど、過去の豪は違ったわけで……。

「俺もおまえも大人なんだ。浮ついたことはできないと俺は思っていたがな。翠が恋人を作りたいなら作ればいい。俺はそうしないだけだ」

「恋人なんか作らないわよ！　そんな暇ないし」

私は怒鳴った。

ずっとずっと私は誰とも付き合ったことなんかないわよ。あんたとは違うんだから。

豪が天井を仰ぎ、しばし黙った。私はパソコンに向き合う。

「違うな」

しばらくして豪が口を開く。何が違うのかわからない。

「俺の言葉が違う。今、こんなやり取りをすべきじゃない」

「何言ってるのかわかんない」

「翠、この前は悪かった。嫌な言い方をした」

驚いて私は豪の方に顔を向けた。

豪が謝った。仕事とかそういう面じゃなく、自分の態度や接し方を謝った。これって、出会って初じゃない？

「売り言葉に買い言葉で、感じの悪いことを言った。すまなかった」

私の方が一歩引いて大人の対応をすべきところを、豪に先を越された。でも、これはチャンスだ。私だって彼に伝えなければならない。

「……私の方こそ、えっと……ごめんなさい。勝手にイライラして、態度が悪かったと思う」

私が素直に謝ったことは、豪にとっても驚きだったようだ。こちらを見る目が見開かれている。

「翠の口からそういう言葉を聞くのは、初めてだ」

「こっちのセリフよ」

私たちは顔を見合わせ、ふっと笑った。

「あのな、変な気を回さなくていいんだよ」

わずかに言いよどんでから、豪が続ける。

「二十歳を超えてから、特定の女とは付き合っていない。翠がいるから」

私を見つめて言う。表情は苦笑いだ。

なんだ、そうなんだ。豪はちゃんと線引きしていたんだ。それなのに、私が勝手に彼の不貞を疑っていただけなんだ。

恥ずかしいような申し訳ないような妙な気持ちでうつむき、小声で言う。

「私もそうだから」

豪に疑われるような男性関係は、今までただの一度もないけれど、それを釈明するのはなんだか嫌だから、言葉少なに答える。

豪がかすかに息をついたように感じた。それから、口を開く。

「仕事、進めておいてくれたのか？」

「うん。週明けに調査報告の一回目を局長に見てもらうつもり。プリントアウトしたから、家で読んで」

資料を手渡すと、豪は「ありがとう」と小さく呟き、受け取った。そのタイミングで、局長がくれた小箱が視界に入る。

「そうだ。豪、チョコ食べない？　局長からもらったんだけど」

いい機会だ。がさがさと包装を解き、小箱を開けると、トリュフが四つ入っている。

豪は甘いものが嫌いじゃないはず。

「もらおうかな。脳が疲れたから、甘いものが欲しい」

「美味しそうだよ」

ふたりでひとつずつつまんで口に入れる。次の瞬間、私たちはふたり揃ってむせた。

「あっま‼」

「甘すぎる！」

チョコレートは、けた違いに甘かった。喉に沁《し》みるくらい甘いなんて初めて。

「なんか、中から甘いお酒出てきた！」

トリュフ部分の強烈な甘さだけできついのに、度数の高そうな洋酒がどろりと出てきて、余計に喉を刺激する。

……脳が融けそうだ。海外のお土産でもらう激甘チョコの十倍くらい甘ったるいんじゃないかな。絶対に局長も持て余しているに違いない。

「これ、売れないんじゃない？」

「売れないだろうな。っていうかあの夫婦、このチョコを食いきれないから、くれたんだろ」

豪が私と同じ考えを口にする。

やっぱりそう思うよね。甘いもの好きな私にだって厳しい甘さだわ。

「口直しにメシでも食いに行かないか？」

不意に言われたのは食事の誘いだ。私はペットボトルのミネラルウォーターをごくんと嚥下《えんげ》し、豪を見つめ返した。

メシ……豪と食事……。ふたりで食事くらいしたことある。学食とか仕事の外出先とか。

でも、こんな風に誘われてごはんっていうのは覚えがない。

「ラーメンならいいよ！」

意識しすぎなのか、大声で牽制みたいな答え方をしてしまった。

普通でいいのに。私の馬鹿！

「ラーメンか。珍しく気が合うな。俺もラーメン食いたい」

豪としては、食事の内容までは考えていなかったのかもしれない。私の答えに乗ってくる。

「こってり系の豚骨。店に入る前から匂うくらいの濃いやつ」

「ちょうどいい店知ってるぞ。にんにくもすごいけど、いいか？」

「いいわよ。明日は土曜だもん」

私はいそいそとパソコンをシャットダウンする。さっきまでのしぼんでいた気持ちに、ぐんぐん空気が入ってくる感じ。膨らんで胸があったかい。

「チャーシューがっつり載せたいんだけど」
「あそこは角煮みたいなゴロゴロ系だったな」
「それ、楽しみ。お腹空いたなあ！」
「俺も腹減ったから、しっかり食べよう」

オフィスを閉め、並んで職場を後にする私たちは、たぶんどっちも心が軽くなっていたと思う。

電車で食べに行ったラーメンは、期待通りの味だった。大盛りラーメンをふたりでずるずるすすって、特に何をするでもなく解散した。

帰宅すると、あまりの豚骨とにんにくの匂いに母が顔をしかめたっけ。豪と一緒に食べてきたと伝えたら妙に喜んでいた。

あんなに悩んでいたのに……結果は悪くない一日だったな。

ぽっこり膨らんだ胃を撫でて、私はお風呂で考えた。水滴のついた天井をぼんやりと眺めて。

許嫁と仲良くなるために

週明け、俺は晴れ晴れとした気分で出勤した。

翠がまとめてくれた調査報告は、手直しなしで局長に渡せるくらいのものだ。これで鬼澤正作の件は一段落に違いない。大きな仕事を新人ふたりが片付けたのは、ひとつの成果と言えるだろう。

そして俺の心が軽いのは、もうひとつ。翠との関係を普段通りに戻せたためだ。つまりは〝仲直り〟の状態に持っていけたのだ。

主計局の風間さんとはなんでもないということを説明できたし、俺にその意思がないことも伝えた。そして、翠とラーメンを食べて帰ったのだ。俺の記憶では、仕事や学校以外で、彼女を誘って食事をするというのは初めてだった。

弁解するなら、俺は雰囲気のいいバルにでも誘おうかと思った。相手は一応、婚約者なのだし、妙なところに連れていって扱いが雑だと思われたくない。

ところが、ラーメンを希望したのは翠の方だった。俺の胃袋はがっつり男メシをキメたかったので、これは意見の一致。

ラーメンをすする翠は満面の笑みだった。にんにくを山ほど入れ、替え玉までしているのだから、よほど気に入ったのだろう。美味しい美味しいと言われれば、連れてきた俺としてはまんざらでもない。

『いいお店知っちゃった。豪、ありがとう』

額と唇を油でてかてかさせた顔は、男には見られたくないものだろう。しかし、翠はそのあたりにまったく頓着しない女で、さらにはそんなてかてか顔すら愛らしいのだ。まったく、顔がいいのは本当にずるい。

『煮干し系のうまい店もこの近くにある。今度行くか?』

思いきって誘ってみると、翠がぱあっと表情を明るくした。

『行く行く。連れてって!』

これは、次の食事の約束と取っていいよな……。

俺は翠と別れ、満足して帰ったのだった。

翠とかつてない良好な関係を築けているじゃないか。俺がちょっと気を使ってやれば、彼女は笑ってくれる。別に笑ってほしいわけじゃないが、いずれ夫婦になる身なのだから、笑顔のある家庭の方がいいに決まっている。

……いや、白状するなら、翠と良好な関係でいたいのは俺の意思なのだと思う。

翠は現時点では男の影はなさそうだ。それなら、翠の心に俺が入り込む余地もあるのではなかろうか。

どうせ夫婦になるなら、多少は翠には好かれたい。今まで通りの険悪な関係で無理やり夫婦になるより、ある程度の好意を持ち合って結婚したい。

俺は翠のことを悪くは思っていない。面倒くさいけれど、よきライバルでありパートナーだと思っている。

俺自身は、中学生の頃のすれ違いをやり直したい自分にも気づいている。

翠がもう一度俺のことを見てくれるなら、俺はよき恋人、よき夫になろう。

翠の笑顔のため、俺は紳士的であろう。翠が『豪となら結婚してもいい』と思ってくれるような態度を取ろう。

オフィスに入ると、翠は先に来ていた。

「おはよう、豪」

心なしか普段より声が柔らかい気がする。

「おはよう。翠、報告書は確認した。俺から手直しするところはない」

「本当？」

目を細めて笑う翠は、やはり掛け値なしに可愛い。本当に可愛い。

おそらく、俺が翠の仕事を全面肯定したのも嬉しいのだろう。俺に張り合う姿ばかり見ていたけれど、その相手に褒められて嬉しくないはずがない。もっと早く気づけばよかった。

そうだ。これからは翠に対して〝おまえは特別〟という扱いをしていこう。

デートに、プレゼント……イベントごとに完璧に仕上げていくのだ。翠は『豪が私のために？』と驚きながらも喜び、いつしか俺に夢中になっているという寸法だ。

まず七月には翠の誕生日がある。クルーズでもセッティングして祝おう。

夏の休暇は、ふたりで日帰りできる範囲で遠出しよう。九月は俺の誕生日だとディナーに付き合わせつつ、婚約指輪を用意。秋頃には紅葉を見ようなんて、京都の嵐《あらし》山《やま》あたりで一泊旅行をする。クリスマスから正月は海外で……。

「豪？」

はっとして見れば、翠が訝《いぶか》しげに覗き込んでいる。どうやら、俺は考え事に夢中になっていたらしい。

「固まるんだもん。びっくりした。立ったまま寝たかと思った」

「悪い、ぼうっとした」

翠との進展プランを立てていたとは言えないので、ごまかす。

「ふふ、わかる。ほっとしちゃうよね。これで鬼澤の件が片付けば、しばらくのんびりできるし」

そうか。完全に仕事が終われば、翠とのバディは一回解消だ。ここまでべったり仕事をすることもなくなる。

いや、寂しがる必要はない。局長のことだ。きっと近いうちに、また組まされるだろう。

「長親さんだっけ。あのおじさんも納得できるよね」

翠のことばかり考えてしまう俺とは対照的に、彼女は今回の告発者のことを考えている。

「そうだな。鬼澤の処分まで俺たちは決められないが」

「いい方向に向かうといいな」

翠が心配そうに言った。

その後、朝一番で報告書を出し、俺たちは午前中は別の仕事に取りかかっていた。

昼前に、局長にブリーフィングルームに呼び出された。

「報告書は目を通した。主計局の課長とも話し合ってきた。一度これで上げて、国土管理省側と交渉する」

すべては国土管理省の出方次第になるということだ。おそらくは刑事罰ではない形で、鬼澤は処分される。

「しかし、おまえたちにはもうひと息仕事をしてもらう。ホテルに張り込んだとき、黒瓦組の若頭は見ているな」

黒瓦組の長男のことか。覚えている。翠がナンパされたらしくて、危ないところだった。

「どうやら、鬼澤は黒瓦組に出資している。自分に都合の悪い人間の監視を言いつけているだけの関係じゃない」

「ネット詐欺の関係ですか？」

「そうだ。鬼澤は黒瓦組に出資し、詐欺に使う事務所や中継に使う海外拠点を用意してやっている。見返りをもらう条件で」

俺の見当は当たっていた。調べれば調べるほど、黒瓦組のネット詐欺は巧妙だ。手伝っている有力者の中に、鬼澤と虎丸建設の会長がいるだろうことは予測していた。

「そのあたりの裏づけを取ってほしい。暴力団関係者に接近することもある。これまでより、いっそう気をつけろ」

「はい」

翠と声を揃えて返事をする。

これまでも危ない人種に関わったことはある。しかし、翠にはあまり接近させないように気をつけなければならない。


「新たな罪状が出てきそうだね。これは刑事事件にしちゃうんじゃない？」

ブリーフィングルームを出ると昼休みに入っていた。オフィスは男性ばかりなので、昼どきは外に食べに行くメンバーが多い。翠がデスクでサンドイッチを取り出すので、俺も買い置きのカップ麺で済ませることにした。

「どう裁くかは、俺たちで決められない。連座が多く出ないといいな」

協力者の長親氏も含め、鬼澤に巻き込まれた形の人間もいるだろう。内々に済ませられなくなれば、警察の捜査の手は彼らにも向かう。そういった意味で、俺たち特務局はあえて〝融通がきく〟造りになっているのだ。

本来、ネット詐欺犯が関わっている時点で、警察組織に回した方がいい案件だが、そこはどこも自分の手柄を譲りたがらない。

「私たちは私たちの仕事を、よね。わかってる」

翠は声を落とした。気分を変えさせたくて、というよりいいタイミングだと判断して、俺は口を開く。

「ところで、翠。話は変わるんだが」

「何よ」

「映画に付き合ってくれないか」

ぐりん、と翠が首をこちらにねじった。唐突な誘いに驚いた表情をしている。

「映画？　……私と？」

「祭と行こうと、前売りのムービーチケットを予約してしまった。仕事が忙しい時期で行けないとさ。先週封切りの続編。次の金曜あたりどうだ」

先週から、ファンタジーアクションの人気シリーズの洋画が公開されている。祭のことは方便だ。

「うーん……観たかったし……いいよ」

翠はわずかに戸惑った表情をして、それから頷いた。

なんだろう、やはり俺の変化に違和感を覚えているんだろうか。一応、前回ラーメンを食べてから、誘いは一週間空けてみたんだが。

彼女がおずおずと尋ねてくる。

「あのね、遅くなってもいい？　その日」

遅く……それはどういうことだ？　映画の後、時間を取れってことか？　なんだ、翠、いきなり積極的に……。

動揺しつつ俺は答える。

「ああ、いい。金曜だしな」

「本当？　じゃあさ、終わった後、ホルモン専門の焼肉、食べに行かない？」

翠が携帯の液晶画面を見せる。そこにはクーポンが表示されている。『超牛《ちょうぎゅう》』というよくわからない店名と、ホルモン全品二十パーセントオフの表示。

「この日しか使えないクーポンでね。家族で行こうかな〜って思ってたんだけど……豪と映画の後に行ってもいいかなって」

「いいのか？」

「うん。お母さんが内臓系あんまり得意じゃないし。ちょうどよかった」

嬉しそうに、ほわっと微笑む。

なんだ、焼肉の誘いか。妙な誤解をするところだった。口にしないでよかった。

「じゃあ、映画館の席は取っておくから、定時で上がれるように尽くそう」

「そうだね。ま、私は余裕ですけど」

「俺の方が余裕だな」

こんなやり取りも、ゆとりを持って交わせる。

よし、次の金曜は許嫁間の仲を深める機会にしよう。

金曜は十九時に新宿《しんじゅく》のシアター前で待ち合わせることにした。一緒にオフィスを出るのも変だし、それぞれ抱えている仕事は別にある。現地待ち合わせの方が、都合がいい。

金曜、翠は普段通りだった。服装も髪型もいつものまま。話す内容は仕事のことだけ。しかし、定時過ぎに先に上がるとき、俺にひとことだけ声をかけた。

「先に行ってるね」

表情はビジネスライクだけど、言葉に交じるわずかな恥じらいみたいなものに、なんだか俺の胸が騒がしくなる。

なんなんだ。翠と映画に行くだけじゃないか。落ち着け、俺。

そわそわ。言葉にするならそんな感じだ。

続いてオフィスを出ようと仕度を整え、パソコンの電源を切る。すると戸口で俺を呼ぶ声が聞こえる。

「斎賀さん、少しいいですか？」

主計局の後輩、田城《たしろ》だ。在学中の面識はないが、大学では俺と翠の後輩にあたる。学閥というのか、出身大学が同じというのは、こういった社会でもどこか〝面倒を見てやる相手〟になりがちだ。

「どうした」

「資料庫の鍵がおかしいんです。開かなくなっちゃって」

資料庫は、主計局と特務局の機密中の機密。指紋と虹彩認証がないと、外からも内からも解錠できない仕組みだ。

「内側から開けるとき、反応しないことがあるって言ってたな。外からも開かないのか？」

「そうなんです。ちょっと見てもらえませんか？」

主計局の人間に頼ればいいものを、と思いつつ、後輩のちょっとした頼みを無下に断るのも馬鹿らしい。鍵は専門業者を呼ばなければならない。開かないとわかれば、対処は来週でいいだろう。

廊下の端にある資料庫に向かう。いつもの手順で指紋と虹彩を読み込ませると、ピー、カチャ、と軽い音をたて、すんなり鍵は開いた。

「開くぞ、普通に」

「中、誰もいないっすよね」

念のため、と資料庫に一歩足を踏み入れると、間を置かず、背後でドアが閉まった。

振り向いたときには、ドアはカチャリと自動の施錠音。

「おい、田城」

外の後輩に呼びかけるが無反応だ。それどころか、ぱたぱたと廊下を走り去るような音。

慌てて内側から開錠を試みるも、ドアの不調は本当らしい。ぴくりとも動かない。

もしかして俺は閉じ込められたのか？

「困ったわね」

背後から声がした。弾かれたように振り向けば、そこには風間恋子がいた。全然困ってなんかいない顔をして。

「風間さん」

察しがついた。田城は風間さんの部下だ。

「わざわざ一緒に閉じ込められるなんて、いったいどんな用件ですか？」

さすがに俺の声が剣呑《けんのん》なものになる。風間さんは動じない。

「やだ、わかってるくせに」

クスクス笑って彼女は言った。

「大丈夫。明日の朝には、田城が開けに来る約束になっているから」

明日の朝……。それまで俺はこの人と、ここにいるのか？　翠との約束まで、もう一時間もない。


時計で見れば五十分が経過。翠との待ち合わせ時刻は過ぎた。

携帯を持ってこなかったことが悔やまれた。ほんの一瞬の用事とはいえ、ポケットに入れてくるべきだった。

俺は内側からどうにかドアを開けられないか、ずっとチャレンジしている。

さすが国家機密クラスのブツが入る資料庫は違う。俺ひとりでどうこうできるロックじゃない。さらにドア自体も銀行の金庫クラスの特殊合金を使っているので、蹴散らすこともできない。

「こっち来たら？」

奥にひとつだけある椅子に腰かけ、風間さんが余裕の笑みを浮かべる。

「行きませんよ」

「なんで？　私と何か起こっちゃいそうだから？」

からかうような声に、怒りすら覚える。

何か起こしたいのは、あんただろう。密室でひと晩のうちに俺を篭絡《ろうらく》する気か。あわよくばオフィスセックス。何もなかったとしても、資料庫に閉じ込められ、ひと晩一緒だったと事実を吹聴するに違いない。

ドアに向かい合うのを一時やめ、距離を取った状態で風間さんと向き合う。

「田城に連絡してください。外側からなら、まだ反応するでしょう」

「嫌よ」

風間さんはニコニコしている。

「せっかくだし、朝までふたりきりっていうのも悪くないじゃない」

「俺は嫌ですね」

「もしかして、この後、可愛い婚約者さんとデートだった？」

俺と翠が出かけることは誰も知らない。うちの心配性でお節介な先輩たちすら知らない。

だから、翠との約束に風間さんの企《たくら》みがかぶったのは偶然だろう。最悪な偶然だ。

すでに十九時を回っている。翠は俺を待っているだろう。俺が予約したから発券もできない。シアターのロビーで、俺の携帯に連絡を取ろうとしているに違いない。

「風間さん、いい加減にしてください」

「いい加減にしてほしいのは、こっちよ。斎賀くん、全然誘いに乗ってくれないんだもん」

風間さんが立ち上がり、つつっと近づいてきた。見つめてくる視線も、期待を孕《はら》んだ表情も、何人もの男をものにしてきた〝いい女〟の顔。

「私、結構、抱き心地いいと思うんだけどなあ。一回くらい試してみようとか思わない？」

「女性と遊びでそういうことをする気はないんですよ」

俺の言葉には苛立ちが滲んでいるだろう。普段はざれごとでいなすことが、この状況ではできない。

「遊びじゃなきゃ、いいの？　それなら斎賀くん、私、あなたが好き。本気よ、付き合って」

潤んだ目で風間さんが俺を見上げる。

「あなたが入省してきたときから気になっていたの。婚約者がいるって知っても諦めきれなかった。あなたの最後の恋の相手になれるなら、私がなりたいの」

俺の腕に手をかけ、キスを迫るように唇を寄せ、ささやく。

「結婚前の最後のときめきよ」

俺は彼女の両腕を外側から持ち、ぐい、と身体から引き離した。

「あなたとそういう関係になる気はありません。何度誘っていただいても無理です」

「ひと晩一緒にいたら、気持ちも変わるかもしれない。私、今夜は頑張るわ」

色仕掛け宣言にしか聞こえない。一刻も早くここを出なければ。

ともかく翠に連絡だ。俺に対して怒って帰ってしまうならいい。心配して探し回っているとしたらどうだろう。俺は大丈夫だと伝えなければ。

こんな状況で翠のことを考えている自分に驚いた。彼女に心配をかけているだろう状況が心苦しいとは。

「風間さん、携帯あるんですよね。田城に連絡をしてください」

「携帯は持ってきてないのよ」

「では、非常ボタンを押すしかないですね」

「守衛が飛んできてくれるかもしれないけれど、ここを開けるには主計局か特務局の人間が必要でしょ？　私とあなたがふたりきりで一時間以上ここにいたってことは、噂になっちゃうわね」

クスクス笑う笑顔が悪辣に見えた。

ちょっとでも美人でいい女だと思っていた自分が嫌になる。欲しいもののためには、周りの迷惑や相手の気持ちなど二の次の人間なのだ。

こんな女、自分がフリーでも好きにならないし、ひと晩だけだって御免被りたい。

「あら、予想外」

風間さんがぼそっと呟いた。次の瞬間、しなやかな猫のように、彼女は俺の腕の中に飛び込んできた。俺が諸手を広げて迎え入れたわけじゃないので、正確には俺の両腕ごと封じ込めるように抱きついたのだが。

そしてそれとほぼ同時に、開けたかったドアが、ピー、カチャ、と音をたてて開いた。外側からの開錠だ。

ドアに気を取られ、風間さんの抱擁を振りはらうのが一瞬遅れた。

「……豪……」

なんてことだろう。そこに呆然《ぼうぜん》とした顔で立ちつくしていたのは翠だった。

「翠」

俺は慌てて風間さんの抱擁から逃れた。しかし、その姿はまるで、浮気現場を見られて狼狽している男のようだっただろう。なんて間が悪いんだ。

「助かった。閉じ込められてしまったんだ」

それと、約束に間に合わなくてごめん。言外に伝えたくて、翠の瞳を見つめるけれど、彼女はふい、と顔をそらしてしまった。

「荷物が全部デスクにあったから、どこかにいるんだと思って探しに来ただけ」

翠の答える声は小さい。風間さんが、俺と彼女の横をふっと通り過ぎる。俺に向けてニッコリ笑い、言った。

「斎賀くん、またね」

その意味深な態度は、俺からしたら『わざとらしく〝何かしていました感〟を出すな！』だけど、翠には本当に俺と風間さんに何かあったように映るだろう。

「翠」

変な誤解をさせたくない。せっかく翠といい関係が築けそうな今、こんなことでぶち壊しにしたくない。

「今日は帰るね」

短く言って、翠は小走りで行ってしまう。

慌てて追おうとしたけれど、その拒絶的な背中を見ていたら、今は何を言ってもきっと言い訳にしか聞こえないのだろうと感じられた。

俺はドアから外へ出た。ものすごい疲労感だった。積み上げてきたものをぐちゃぐちゃにされた気分だ。事実そうなのだけれど。

オフィスに戻ったが、翠はやはりいない。俺は裏紙に【ドア故障中。内側から開きません】と殴り書きをし、足音をたてて資料庫に戻ると、ガムテープでべったりとドアに貼りつけた。

学閥だろうが後輩だろうが、金輪際、風間さんの息がかかった人間は信用しないようにしよう。

やってられない。心からそう思った。


翠に誤解された。

誤解というかなんというか、ともかくあれ以来、翠は口をきいてくれない。怒って無視しているのではなく、さらっと距離を置かれ、プライベートな話をさせない空気を出してくる。

俺を避けているため、朝は早めに来るのをやめたし、仕事を終えればあっという間に帰っていく。

あの日のうちに、携帯にメッセージは送った。

【風間さんに仕組まれて、資料庫に閉じ込められた。映画の約束に間に合わなくてすまない】

メッセージは既読がついて、それっきりだ。

誓って何もない。俺は潔白だ。

翠との約束に間に合わなかったうえに、携帯が手元になく、その連絡ができなかったことと、結果的に彼女に助けられたことは俺の落ち度であり、謝罪すべきとは思うが、翠も無視することはないだろう。

駄目だ。連日、翠に無視されていると苛立ちが湧いてくる。ここでひとこと嫌味でも言えば、いつもの喧嘩のスタートだ。それをしないために、良好な関係を築きたいのに。

何より、俺自身が誤解されたままでいるのが嫌だ。不誠実な男のレッテルを貼られたままなのも嫌だし、翠に理解されないのが嫌だ。

翠は俺の妻になる。彼女には誰よりも俺を理解してほしい。そんな欲求がある。

とにもかくにも、きちんと話せないまま数日。その日、俺たちは局長から呼ばれた。

「潜入調査ですか？」

「金曜の夜に、六本木《ろっぽんぎ》のサパークラブ・Rだ。黒瓦組の若頭がお気に入りの遊び場。

鬼澤は来ないが、鬼澤の息のかかった国土管理省の若手が顔を出す。若頭と接触しているところを押さえよう」

それは目視確認と、可能なら写真を撮れということだろう。場所はわからないけれど、俺と翠でできるだろうか。

「国土管理省側からの依頼なんだ。鬼澤とその一派をあぶり出しておきたいんだろう」

事務次官である鬼澤を追い出すために、国土管理省が動きだしたようだ。おそらく本件の指揮系統は、大臣と大臣秘書だろう。

「局長、朝比奈は黒瓦組の若頭に顔を見られています」

俺の横では、翠が背筋を伸ばして立っている。

翠は顔立ちもスタイルも整っていて目立つ。若頭は自分がホテルでナンパした相手だと気づくかもしれない。

「客層が若いから、豪と朝比奈は中に入ってもらうのが適当だ。今回はおまえたちだけじゃない。特務局全体で動く。サポートは適宜入れていく予定だから心得てくれ」

「充分、気をつけます」

俺を制するように翠が言った。今回の仕事から手を引く気はないようだ。

詳細は今日ミーティングで、と言われ、俺と翠はデスクに戻った。

「迷惑をかけるつもりはないわ」

ぼそっと翠が言った。こちらを見ない頑なな態度に、俺も苛立ちながら答える。

「そうか」

あとは、この翠と意思疎通できない状況で、何も起こらないことを祈るのみだ。


潜入の概要はこうだ。

サパークラブ・Rの周囲には特務局の職員四人が張り込み、客の出入りを確認。近くの車で雁金さんが全体の統率役を担い、数人が増員メンバーとして待機。

サパークラブの中には、なんと局長が細君の幸恵さんを連れて入店する。幸恵さんは接待でこういった場所に行ったことがあるそうで、『うまく振る舞えるわ』と、この役を買って出たらしい。

そこに俺と翠も入店。接触しているところを数点写真に押さえて、撤収の予定だ。

ホストとキャバ嬢のカップルという設定なので、俺たちの衣装は普段とだいぶ違う。翠はヒラヒラしたワンピースに、髪をサイドアップにしている。化粧も普段より濃い。八センチはあるピンヒールで歩く彼女は、威風堂々として見えた。

俺はというと、普段着ない型のスーツに派手な柄シャツ。夜だがサングラスも用意した。

髪の毛を撫でつけると、どう見ても堅気じゃない男の完成だ。我ながら似合ってしまい、なんとも言えない気分になる。

「行くぞ」

俺は翠に向かって腕を差し出した。カップル役なのだから当然だ。そこは彼女も心得たもので、すんなりと腕を絡ませてくる。顔は無表情ではあるが。

サパークラブは男性接客の店だとは知っていたけれど、Rというこの店はだいぶ砕けた雰囲気で、客層も若者が多く集まる様子だった。

入店してみれば、エントランスもフロアも薄暗く、高級クラブ然とした豪華さがある。しかし行き交う客は皆、年若いか、業界人風だ。

がやがやと雑多な雰囲気は、一般的なクラブ風にも見える。ショーステージもあり、時間帯によってはエンターテイメント的な出し物が見られるのだろう。

通されたカップルシートはフロアの中心部。奥まったところに局長夫妻が座を占めている、と連絡が入っている。

そして、ターゲットの黒瓦組の若頭は、さらに奥のＶＩＰルームにすでに来ているようだ。ここからではっきりとは確認できないけれど、黒いカーテンで間仕切りされた中二階の半個室のような扱いらしい。

「若頭はあそこだな」

「国土管理省の若手が来るんでしょう」

「今、雁金さんから連絡。表にその人物がふたり来ている」

国土管理省の若手職員が、ここで黒瓦組と親交を深めていることは間違いなさそうだ。入店時の写真は、外配備のメンバーが撮ってくれるはず。俺たちは適当にアルコールを頼み、雑談をしている格好でターゲットの接近を待った。

国土管理省のふたり組は、周囲に注意を払うことなく、VIPルームの方向へ。その後ろ姿はすかさず映像に押さえた。しかし、それ以降は動きがない。可能であるならば若頭と一緒のところが撮りたいのだ。

「少し強引に近づかなければ駄目じゃない？」

翠は言う。だが、できれば接触は避けたい。

「前回とだいぶ雰囲気が違うし、たぶん私が近づいてもバレないと思う。酔ったふりして、VIPルームの前まで行ってくる」

「相手は裏の業界の玄人《くろうと》だ。不審者がおいそれと近づけば、すぐに怪しまれる」

「弱気ね！」

翠が苛立たしそうに言う。弱気じゃない。慎重になっておきたい場面なだけだ。

「翠の面割れの問題じゃない。ここで無理をして、特務局が嗅ぎ回っていることがバレるのがまずい。連中、しっぽを出さなくなるぞ」

「そうかもしれないけど。……じゃあ、何か手立てはある？」

イライラと尋ねる翠は、俺の態度を及び腰に見ているのだろう。しかし、勇気と蛮勇は違う。そして翠を矢面に立たせるわけにはいかない。

「情報では、ショーのタイミングで、ＶＩＰルームのカーテンが開く。そのときにしよう」

「私たちの位置じゃ遠すぎ。局長の位置じゃ近すぎだわ。目立ちすぎる」

「その辺も合わせて、雁金さんと打ち合わせしてくる」

翠を残して席を立つと、偶然を装い、局長もトイレで合流してくれた。

雁金さんと局長とともに、手短に打ち合わせをする。

「今回は強引な手立ては取らなくていい。入りと出は押さえるし、国土管理省側は裏づけ材料が欲しいだけだ。鬼澤を切るためのな」

局長の言葉に、雁金さんが携帯のメッセージで答える。

【引き続き、張り込みます。黒瓦組の車が横づけされたので、若頭の方はひと足先に

出るかもしれませんね】

「出のタイミングを狙いましょうか」

局長とはバラバラに席に戻る。

ドキリとした。席に翠がいないのだ。

トイレ……のわけはないだろう、このタイミングで。

顔を上げれば案の定、ＶＩＰ席近くに忍び寄る翠の姿。おそらくは戻る席を間違えたとか、酔っぱらいの言い訳をするつもりだ。

あいつの手につけた華奢《きゃしゃ》なブレスレットには、カメラが内蔵されている。それで、若頭と国土管理省ふたり組の同席シーンを撮るつもりなのだ。

翠は馬鹿ではない。功を焦って足を踏み外すような真似《まね》はしない。だから本人は勝算があると思っているのだろう。しかし、今回は駄目だ。判断ミスだ。

大声をあげて呼び寄せるわけにもいかない。俺はそっと翠の後を追う。局長の席を見やると、局長夫妻もまた、翠の接近に気づいて固唾を飲んでいる。

翠は階段を上りきり、中二階にあたるＶＩＰ席のくぼんだスペースへ近づいた。黒のレースカーテンの奥にはターゲットがいる。

今、ここで俺が走っていって翠の腕を掴めば、確実にターゲットに騒ぎを見咎められる。そっと近づいたのでは間に合わない。息を詰め、それでも早足で翠に近づく。

するとＶＩＰ席の中、レースカーテンの隙間から、にゅっと手が出てきた。

「きゃ！」

翠が小さく悲鳴をあげる。腕は彼女を掴み、そのままずるずるとカーテンの向こうへ引きずり込んだ
「何してんの？」

中から若い男の声と、複数の笑い声。

「あ、あの、トイレを探してて」

「トイレ、逆だし。普通、間違えないでしょ」

この声がたぶん若頭だ。中の様子ははっきりとは見えないが、翠を拘束しているだろうことはわかった。

「興味があったんじゃないですか？　ＶＩＰ席の主に」

別の若い男の声に、若頭が大声で笑った。

「え？　マジで？　俺に会いに来てくれたの？　ってか、この子めっちゃ可愛いじゃん。どこのお店の子？」

身なりが随分違うからか、翠と過去に会ったことには気づいていない。しかし、今

の翠でも充分まずい状況だ。

「ねえねえ、お店ときみの名前教えてよ。今度行くから」

「ラッキーだね、お姉さん。この人、お金持ちのおぼっちゃんなんだよ」

からかうような笑い声に、翠が答えられないでいる。いや、ここは何も言わないのが正解だ。

「っていうか、もうちょっと仲良くしたいんだけど、俺、帰らなきゃならない用事ができちゃってさ。一緒においでよ。用事済ませたら、別のとこでお酒飲み直そう」

若頭が翠を誘う。以前もナンパされたと聞いたが、この若頭は相当な女好きのようだ。たいしたことない見た目の分際で、チンピラを従え、女を脅すように自分のものにする手口が想像できる。

「いえ、結構です。もう戻らなきゃ」

翠は言葉少なに拒絶している。彼女の性格ならもっと強く断るだろうけれど、今は潜入調査中だ。目立たず印象に残らない対応を考えているのだろう。

「なんで？　誰か友達と来てんの？　女の子なら一緒においでよ」

「彼氏と……来てて」

カーテンの向こうから、さらに大きな笑い声が聞こえた。

「そんな男、捨ててきな。きみだって、俺たちに興味があったから覗きに来たんでしょ？」

「この人についていったら、いい思いできるよ」

「絶対楽しいって」

「困ります！」

翠の抗う様子がわかる。助けに入りたい。拳を固め、すぐ近くで待機しながら、俺は歯を食いしばった。

「面倒くせえな。ハーブ持ってこいよ。嗅がせておとなしくさせちゃおう」

ハーブ……危険ドラッグのことか。麻薬や覚せい剤じゃなくても、充分危ない。そして翠が拉致されてしまう。

「嫌！」

レースカーテンが大きく揺れ、身をよじった翠の腕が見えた。すかさず、俺はその腕を引いた。

カーテンの隙間から、バランスを崩した翠が見える。その目に宿る恐怖に、男たちに対する怒りが湧いた。絶対に守らなければならない。

翠の身体を抱き寄せると、間を置かず、わらわらとＶＩＰルームから男たちが出てきた。国土管理省の官僚たちも勢いで出てきている。

願ったり叶《かな》ったりの揃い踏みだが、今は写真を撮る余裕はなさそうだ。

「なんだ、おまえ」

「彼氏くんか？」

せせら笑う男たちに向かって、俺は睨みをきかせた。といってもサングラスをしているので、よく見えないだろうが。

「人の女に手ぇ出そうとしてんじゃねえぞ」

低い声で牽制してみるが、連中は面白そうに笑い声をあげるだけ。

「いやいや、もう彼女はこの人のものだから」

「ごめんねえ。彼氏くんはおとなしく、おうちに帰んな」

目の前には六人。下のフロアには部下がいるだろうか。そして、外の車付近には何人いるだろう。

翠が俺の腕の中で小刻みに震えている。怖い思いをしただろう。

馬鹿め、自業自得だ。でも、おまえを守るのは何があっても俺だ。

「も、いいや。殺しちゃって」

若頭が下卑た笑顔で命令した。それと同時に、脇に控えていた男ふたりが俺に向かってくる。俺は瞬時に翠を背後に押しやった。

相手はチンピラふたりだ。殴りかかってきた最初の男を左肘で受け、そのまま右拳を腹部に叩き込む。流れで、もうひとりの拳を右手で弾き、その勢いで前蹴りを腹部に見舞った。

膝をつき、尻餅をついて呻く連中だが、完全に倒せてはいない。すぐに立ち上がって向かってくることはわかる。

残念ながら、俺の攻撃は不意打ちだから成功したに過ぎない。素人《しろうと》が複数人相手に喧嘩なんてできやしないのだ。そして若頭の横に控える大柄な側近は、明らかに何かの武道の有段者だ。俺がひとりで近づいて制することができる相手ではないだろう。最初の交戦から、考えをまとめ上げるまでは一瞬。

次の瞬間、俺は翠を抱え上げ、中二階から飛び下りた。客から悲鳴があがる。

俺が着地したのは、一階の客席である大きなソファだ。座っていた中年男性と、アフターとおぼしきキャバ嬢がソファから転がり落ち、驚きで声も出せなくなっている。

悪いことをした。しかし、今は逃げるのが優先。テーブルを乗り越え、客も店員もすり抜け、俺は走った。腕に翠を抱えて走り抜けた。

「待て、こらぁ！」

「きゃーっ！」

悲鳴、怒号、グラスや食器の割れる音。R店内は阿鼻叫喚《あびきょうかん》だ。フロアを抜け、エントランスへ出ると、「こっちだ！」と声が飛んでくる。

今日は外で張り込んでいた六川さんだ。状況はとっくに作戦メンバーに伝わっていたようだ。

「正面も裏口も駄目だ。厨房《ちゅうぼう》に話は通ってる。通用口から抜けろ」

「わかりました！」

俺は入り組んだ廊下の先にある厨房へ飛び込んだ。六川さんが後から駆けてくる。

「乃木坂《のぎざか》の方面だ。車の場所はわかるな？」

「わかります！」

「車で待機しろ！」

厨房を抜け、勝手口みたいな通用口から飛び出した。ゴミ箱のある裏路地を駆け抜け、通りに出た。見咎められる前にここから離れなければ。

「豪、もう大丈夫」

翠が俺の腕から自主的に下り、俺と並んでピンヒールで器用に走りだした。

美術館の近くまで来ると、あらかじめ用意していた車に乗る。すぐに局長から指示が来た。

「この場を離れろとのことだ。自宅待機でいいと言っている」

「作戦は失敗？」

翠が焦った顔で尋ねる。

「さあな」

ともかく、ここに居残るのが適当ではないという判断だ。翠は変装しているし、彼女の自宅は青山で、ここから距離が近すぎる。

「ひとまず俺の家に行くが、いいか？」

「うん、大丈夫」

俺は車を発進させ、自宅マンションのある湾岸方面へ向かった。

俺のひとり暮らしのマンションは大学から住んでいる部屋で、ここには友人は誰も入ったことがない。二十歳までの間に付き合った女もだ。

最初に通す相手が翠でよかったと思いつつ、俺は彼女を部屋に招き入れた。

落ち着かない様子でソファに座っている翠のために、コーヒーメーカーに豆をセットする。落としている間に局長から電話があった。

『今日は解散だ。結論から言うと、証拠は充分撮れた。おまえたちが起こした騒ぎのとき、俺が撮影しておいた』

「はい。申し訳ありません」

『組の連中はかなりしぶとくおまえらを探していたけれど、諦めた様子だな。店側には財務省から今回の経緯説明が行くし、警察庁にも連絡済みだ。これ以上の騒ぎになることはない』

　あちこちに局長が根回しをしてくれたのだ。しかし、かなり頭を下げまくったに違いない。

『本作戦メンバーは全員帰途についた。でも、本当に危なかったぞ。朝比奈に伝えろ、月曜は説教だって』

「伝えます。が、俺の失態です。バディなので」

『じゃあ、豪も一緒に説教だ』

　局長は冗談めかして笑うけれど、実際は冗談にできるようなことではない。彼は後始末でもさらにあちこちにつつかれ、頭を下げなければならないだろう。進退問題にならないといいんだが。

　電話を切ると、だいたいのことが聞こえていたであろう翠が、しゅんと背を丸めていた。俺はマグカップにコーヒーを淹《い》れ、翠の前に置く。そして、牛乳をどぼどぼと注いだ。

「ほら、カフェオレ好きだろ？　砂糖入れるか？」

「……いらない」

「飲んで少し落ち着いたら、風呂入って化粧落としてこいよ。服はジャージでもなんでも貸すから」

横に座り、マグカップを手に持たせると、翠がぼろぼろと泣きだした。

「翠」

「私……みんなに迷惑かけた……」

「ああ、その通りだ」

「うまくやれると思ったのよ……だけど甘かった。結果、みんなを危険にさらした……。局長、私のせいで処分されないかしら……」

泣きじゃくる翠の頭を撫でる。

「翠は自分のバイタリティを過信している。おまえのスタンドプレーで解決できるほど、今回の件は甘くない」

「……うん」

「おまえは人より能力が高い。知能の面だけでなく、精神力や体力も優れている。何より困難を切り抜ける力がある。それは十代からずっと一緒に過ごしている俺が、一番よく知っている」

翠が俺を潤んだ瞳で見上げる。

「だけど、おまえひとりで解決できることは、世の中にあまりに少ないんだ。もっと俺を信頼しろ。先輩方を信頼しろ。今日のことは反省してくれ」

頷いて翠がマグカップを置く。そして顔を覆い、再び泣きだした。

彼女がスタンドプレーに走った原因に、俺とのことがないとは言えない。俺に対する対抗意識はいつも強く、この前の一件から、余計に俺の鼻をあかしてやりたかったのかもしれない。とはいえ、こんな強引なやり方はやめてほしい。

「心配させないでくれ。おまえに何かあったらと思うと……」

「……また婚約者を探さないと……って状況になっちゃうもんね」

翠が自虐的に言うので、俺は彼女の両頬を両手で包み、顔を上げさせた。

「くだらないことを言うなよ。家のためだけに、おまえと一緒にいると思っているのか？」

そこまで言ってから、内心、俺は死ぬほど焦っていた。

マルイチ。今の言葉、完全に『おまえが好きだから』に繋がってるよな。告白のフレーズだよな⁉

マルニ。この体勢、どっからどう見てもキス寸前‼

しかしここで焦るわけにはいかない。クールな男でいなければならない。

表情筋を固めたまま、翠を見つめた。

「家とか許嫁とか関係なく、おまえのことは大事に思っている。……妹みたいに」

最後の最後に付け足してしまった。恥ずかしすぎて、これ以上は言えなかった。

すると、翠が泣き笑いの顔になる。

「私の方が二ヵ月年上なんだけど。お姉ちゃんでしょ？」

「こんなほっとけない姉貴がいるか、馬鹿」

「ありがとう、豪」

ほっとため息をついて、そのまま俺の胸の中に飛び込んできた。素直な行動に、驚きと、胸が熱くなるくらいの嬉しさが湧いてくる。

「勝手なことばかりしてごめんなさい」

「月曜、先輩たちの前で局長に説教食らおう。ふたりで。連帯責任だ」

俺は翠の背に腕を回した。薄い布地を通して、彼女の体温が伝わってくる。

「うん。ごめんね、豪」

「気にするなとは言わないが、もういい」

俺たちはそのまましばらくそうしていた。正直に言えば、俺はちょっと危なかった。

翠とここまで密着して過ごすのは初めてで、その香りや体温を間近で感じている状態は、俺の男の本能を刺激した。何しろ、彼女と添い遂げると決めて、二十歳から女性とは付き合っていない。そうした行為も五年ほどご無沙汰だ。

しかも相手は翠。将来の妻で、幼い頃の初恋の相手だ。

勝気な翠が、露出多めの服で甘えるように抱きついてきている。据え膳とはこのことではないか。

このままソファに押し倒して、キスをして……勢いで男女の仲になってしまおうか。翠だって初めてではないだろうし、いずれ夫婦になるのだから、早いか遅いかの差でしかない。

しかし、俺は堪えた。

翠のことは大切にしようと決めたのだ。勢いで恋人になるべきではない。彼女が俺と過ごすうちに、俺に抱かれてもいいと思えるまでは手を出すべきじゃない。

「翠。シャワーを浴びて、今夜はここに泊まっていけ。あまり出歩かない方がいい」

「そうさせてもらおうかな」

俺たちは身体を離し、それぞれシャワーを浴びた。翠は俺のTシャツを着て、運動用のハーフパンツの腰紐《こしひも》を縛ってはき、寝巻きにした。

「といっても、なんか眠れそうにないよ」

ベッドのシーツを替えて勧めたが、翠が渋る。

「私、ソファにいるわ」

いろいろありすぎて神経が高ぶっているのか、本当に眠くなさそうだ。

「おまえさえよければ、映画でも観るか」

俺はBlu-rayディスクを取り出してみせる。先日、見逃した映画の前作だ。

「あ、うん。観る」

「この前の映画、本当にごめんな」

「今度、また行こう。ロングランになるみたいだし、まだやってるよ」

ディスクをセットして、翠の横に座り直す。さっきと同じ近い距離に座ってしまったが、彼女は嫌がるどころか、俺の腕に身体をもたせかけた。

俺はまた勝手に鼓動を高鳴らせ、翠に言った。

「風間さんの件は、本当に何もないからな」

「わかってるよ。感じ悪くしちゃってごめんね」

翠は画面を見たまま唇を尖《とが》らせている。その表情が可愛いとは思っても、言わない。

「風間さん、豪のことを本気で狙ってるんだね」

「ああいう女狐《めぎつね》タイプは無理だ」

「じゃあ、どういう子がタイプなのよ～」

タイトルが液晶画面に映る。俺は翠を見ないように答えた。

「普通のやつ」

ここで、『おまえだよ』なんて言える神経は、俺にはない。

夜は静かに更けていった。

気にならないと言ったら嘘

「だからそれは普通のことでしょ」

私の前の座席で祭が言った。土曜の午前中、私は彼とコーヒーを飲んでいる。久しぶりに会おうと提案したら、案外こいつは忙しそうで、空いた時間を擦り合わせた結果が土曜の午前。

昼にはビジネスランチですってー。社長さんはすごいわ。

なんとなく偉そうに感じたから、大きなサンドイッチとケーキをふたつ買ってシェアしている。お腹いっぱいでビジネスランチに行きやがれ、だわ。

「豪と翠は婚約してるんだから、食事くらい行くでしょ」

祭は私の近況報告に、あっさりした態度。

「でも、大学時代とか、ふたりきりってのはなかったじゃない。だいたい三人一緒で」

「もう大人だよ。自覚しなさいな」

私が手こずっているサンドイッチを祭はすいすい片付け、チョコレートシブーストも平らげ、まだ足りないとばかりにショーウインドウのシフォンケーキを眺めている。

「そんなことの相談で呼び出したの？　豪と距離が詰まってきて不安〜って」

「そういうんじゃないわよ」

私はイライラと答える。でも確かに祭を呼び出したのは、豪との関係の変化について、少し話を聞いてもらいたかった部分はある。

最近、豪がよく食事に誘ってくれる。最初は反故になった映画と食事の埋め合わせかと思ったけれど、その後もちょくちょく仕事後に誘われるのだ。

ラーメンを食べに行ったり、居酒屋で軽く一杯飲んで帰ったりと、気合いの入ったデートみたいな感じはまったくなく、同僚とのごはん感はある。それでも以前の私と豪にはなかったことだ。

会話の内容は仕事の話だけじゃない。学生時代の思い出話も多く、ふたりでいることに気詰まりを感じることもない。

「私たちの今までの関係を考えると、食事とかそういうのって、ふたりきりで行くものじゃなかったのよ。だから、なんていうか……豪の気持ち？　うん、何考えてるのかなーって思っただけ」

祭が何か聞いていれば、と思ったけれど、そういう感じはなさそうだ。男同士はあまり恋愛に関わる話はしないのかもしれない。

それとも、豪にとってはそれほどたいしたことじゃないのかしら。

「豪は豪で考えてるんでしょ？　翠との将来を。いつまでも子どもっぽく喧嘩してないで、未来の奥さんとして尊重し、大事に扱おうって思ってるんじゃないの？」

「あの豪が？」

意地悪で、性格がきつくて、基本的に私に興味のない豪が？

確かに風間さんの一件といい、自分に他の女性の影がないことは主張してくる。食事も、私との関係性を悪くしないようにという外交手段だろう。

「翠は納得してるんでしょ？　豪と結婚すること」

「まあ、納得はしてるけど」

「けど？」

聞き返され、詰まった。

「……選べなかったから、無理やり納得したのかもしれない。それは豪も一緒。斎賀の一族に生まれた中でも、私と豪はとびきりタイミングが悪かったんだわ」

「それじゃあさ、豪が婚約を破棄したいって言ったらどうする？」

思わぬことを尋ねられて、私は押し黙った。

豪が、私と婚約破棄したい？

「豪が言ったの？」

「違う違う、たとえ話。ほら、家の事情は重いけど、豪は一応、宗家の跡取りだろ？豪がどうしても嫌だって言えば、翠の人生は自由にはなるんじゃない？」

できるかできないかでいうと、わからない。

斎賀の力は強大だ。当主の豪のおじい様もまだまだ健康だし、自分の思う通りに事を運ばせたい人だから、簡単に了承するとは思えない。

一方で、可能かもしれないとも思う。

私も豪も仕方ないと納得してきたけれど、お互いがどうしても嫌なら、離れることは不可能ではないはずだ。

「考えたことなかった」

「それは、考えなくてもよかった、ってことなんじゃない？」

祭が意味深に笑う。

「翠は案外、この許嫁関係に満足してるんだよ。それは豪も同じ」

そんなことはない。私は豪の傲慢で冷たいところは嫌いだし、偉そうに私を叱るところも嫌い。

そりゃ、たまに優しいし、この前は身を挺して助けてくれたし……。

「わかんない」

私はぼそっと言った。それから顔を上げて祭を見る。

「ただ、私は豪に勝ちたいの。それが一番の目標。一度でいいから完全勝利したいのよ。学生時代は勉強、今は仕事で」

「翠はブレないね〜。豪、前途多難だ」

祭が笑って、それから時計を見た。

「もう行く時間だ。俺なんか誘ってないで、こういう時間は豪と使いな。翠から誘ってやれば喜ぶよ」

なんだか上から目線だ。私は唇を尖らせて言う。

「もうじき私の誕生日。そのときは豪と祭で、私にご馳走して」

「OK。それは任せて」

爽やかに笑うと、祭はコーヒーショップを出ていった。

ショーウインドウをもう一度眺めていたから、サンドイッチとケーキくらいじゃ、お腹はいっぱいにならなかったらしい。それは、私もだったけど。

「どうしようかな」

祭の言う通り、豪を誘ってみようか。私から誘った方がフェアだろうか。『ランチでも食べない?』なんて軽く言って。

……駄目だ。自分からじゃ、できる気がしない。

この前サパークラブに潜入したときの豪は、ものすごく頼りになった。そして、ちょっとだけカッコよかった。

私の失態をフォローするどころか、危ないところを助けてくれた。私を抱え、逃走した豪は、王子様というよりアクション映画の主人公みたいだった。

後々、本人は『無理だ』と言っていたけど、三十人くらいの悪漢をちぎっては投げられそうな雰囲気を漂わせていた。

そして、その後初めて行った豪の部屋。妙な話だけど、豪の部屋ではずっとドキドキしていた。彼のプライベートに入り込んでいることに『いいのかな』なんて落ち着かない気分だった。

いつも通り、豪はきつい言い方で私を叱ったけれど、行動のすべては優しかった。腕の中で髪や背を撫でられ、誰といるより安心した。翌週、局長に叱られたときも、バディだからと庇《かば》う態度を見せた。

豪も祭も幼い頃から一緒だったせいか、兄弟みたいに思うことはある。喧嘩もすれば、安心できる気安い存在でもある。

だけど、あのとき感じた豪への気持ちは、ちょっと種類が違った。いつまでもこうしていたいと感じさせる何かだった。

そこまで考え、私は自分の頬が熱くなっていることに気づく。

やだ、何を考えているんだろう。

豪相手にドキドキして、思い出して真っ赤になっているなんて。

そうだ、豪なんてなんでもない。ただの婚約者。いつか結婚するだけ！　私からごはんだって誘えるのよ。

【ちょっと時間が空いたんだけど、お昼だけ一緒に食べない？】

あくまで、忙しい用事の合間であるという空気を出す。

たーん、と勢いよく画面をタップして送り終えると、満足した。

どうよ、私だってごはんくらい誘えるんだから！　意識なんてこれっぽっちもしてませーん。普通よ、普通。

すると、すぐに返事が来る。

【OK。十二～十四時なら出られる。午後は実家に行く約束があるから、それまでの間なら】

え？　慌ただしいところに誘っちゃった？

豪が実家に行くってことは、ただご両親に会うだけのこともあれば、そのまま本家に向かうことだってある。普通の〝里帰り〟とは違う場合もあるのだ。

【無理しなくていいよ】

【大丈夫】

快諾の返事に、自分の顔が明るくなっていることに気づいた。

ちょっと、ちょっと。緩んだ頬を引きしめなきゃ。

【ただ、うちの近所まで来てくれると時短でありがたい。実家の車があるから、帰りは車で送る】

なるほど。ご実家の車を借りていて、それを戻すのね。それなら豪のマンションのあたりまで行った方がいい。

【了解。向かう】

短く返信し、食器の載ったトレーを手に立ち上がった。

豪とランチだ。何を食べに行こうかな。

電車で豪のマンション近くまで向かった。

祭と会っていたからメイクは一応しているけど、服はスカートにTシャツにスニーカーだった。バッグも肩から下げる帆布バッグ。

大学生みたい。子どもっぽいかも。

前はこんなことは気にならなかったのに、豪になんと思われるかが気になる。私は少しおかしい。

十二時より早く最寄り駅に着いてしまった。駅前で待とうか考えて、豪の家まで向かうことにした。

たぶん車で出るのだ。それなら近くに行った方がいい。

一度しか行ったことがないけど覚えている。私は駅から五分ほどのマンションの前にやってきた。

いわゆるタワマンだ。賃貸にしろ分譲にしろ、立地的にもかなりの金額だろうなと、いやらしい詮索をしてしまった。

「あら」

マンションから出てきた人物には、少し前から気づいていた。見間違いだと考えようとしたけれど、向こうから声をかけられてしまった。事件発生だ。

「朝比奈さん、こんにちは」

そこにいたのは、風間恋子……。なんでこの人が豪のマンションから出てきたのよ。

「斎賀くんと約束？」

私は答えない。というか、驚いて声が出ない。冷静な顔をするので精いっぱいだ。

「それで早々、追い出されちゃったのね。仕方ないかあ、正妻さんには勝てないもの」

心臓を鷲掴《わしづか》みにされたような気分だ。追い出されたってことは、この人はついさっきまで豪の部屋にいたってこと？

私は見えないように唇を噛みしめた。

違う。豪は、この人とは何もないって言った。

風間さんの言うことより、豪の言葉を信じなきゃ。

でも……胸が苦しい。

「それじゃあね、朝比奈さん」

私がひとことも発さないうちに、風間さんは長い髪をなびかせ、颯爽《さっそう》と去っていった。コツコツとピンヒールの音を響かせ、いつもの甘い香水を香らせて。

私はスニーカーの足をずるずる引きずり、マンション前の植え込みに座り込んだ。

【体調が悪くなったから帰る】

【ごめんなさい】

メッセージアプリでそれだけ打ち、携帯の電源を落とした。たぶん豪が電話かメッセージをくれる。でも何も見ないで帰りたい。

豪からは着信が来ていたようだ。メッセージもあった。

【大丈夫か？　送る】

【携帯、繋がらないぞ】

【連絡しろ】

命令口調……と思いつつ、そのメッセージを見た夕方に渋々返信する。

【貧血だったみたい。タクシーで帰って寝てた。心配かけてごめん】

メッセージはすぐに既読がつき、【よく寝ろ】という、またしても命令口調の返事が来た。

それ以上やり取りする気はなく、携帯を充電機に繋ぎ、放置した。

食欲が湧かない。昼も食べていないし、夜も食べられそうにない。食いしん坊の私にしては大事件だ。

私、本当にどうしちゃったんだろう。

風間さんは豪の家にお泊まりしていたのかな。あんなタイミングで出会っちゃったら、それってもう証拠じゃない？

豪はきっと否定する。彼の言うことを疑わず、素直に頷くのが婚約者の務め？　騙《だま》されてあげるのもいい奥さん？

頭の中がぐるぐる。結局、私は豪を信じきれていないのだ。

そして、何が一番ショックかって、豪と風間さんの関係にめちゃくちゃ打ちのめされている自分。

私は嫌なんだ。豪が他の女性に触れるのが。私にしたように優しく抱きしめるのが嫌なんだ。

それは、私の特権でなければ駄目。

私……豪のこと、好きなのかな。

混乱しすぎて気持ち悪くなってきた。

なんだかお腹も痛い。あれ？　身体がおかしい。気持ち悪い。

フラフラ起き上がると、私はトイレに直行し、そのまま全部吐いた。

日曜には熱まで出てきて、月曜になっても下がらず、私は仕事を休んだ。

家族でかかりつけの個人医院の先生が言うには、胃腸風邪らしい。

なんだ、ショックで食べられなくなるなんて、私も神経が細い……と思っていたのに、食欲不振は風邪のせいだったのね。

月曜の昼には熱は下がってきた。食欲はまだないけど、スポーツドリンクなんかの水分はとれるようになってきた。

明日には出勤できるかもしれない。

回復のために、とにかく眠った。それは、余計なことを考えなくてもいいようにという意味もあった。

今は考えたくない。豪のことなんか。

十九時過ぎのことだ。さすがに寝すぎて目が冴《さ》えてきたので、私はベッドで身体を起こし、漫画を読んでいた。高校時代、祭と真剣に読んでいたバレーボールのスポ根漫画だ。

うん、元気が出る。やっぱりいいわ、スポーツは。試合に負けても自分に負けないんだよね。そうそう。私も自分に負けないわ！

「翠ー」

ドアの向こうから、母の明るい声が聞こえる。

さっきドアチャイムが鳴ったから、お父さんが帰ってきたのかな？

夕飯かも。お腹も楽になってきたし、食べられそう。

「はーい！　何ー？」

声を張り上げると、ドアがノックされた。

「豪くん、来てくれたわよ」

ドアから顔を覗かせた母が、ニコニコと嬉しそうに言う。

え⁉　豪が⁉と私が動揺するより先に、母の後ろから豪が現れた。

「翠、具合はどうだ？」

嘘でしょ、お見舞いに来ちゃったの？

私、すっぴんにパジャマですけど！　そういうのはせめて連絡してよ！　サプライズはいらないよ！

母がお茶を運んできて、行ってしまうと、私たちは部屋にふたりきりになった。豪はカーペットに座り、私はベッドで上半身を起こした姿勢だ。

「おばさんから聞いたぞ。胃腸風邪だって？　土曜もそれか？」

「あー、たぶん。その頃から変だったから」

曖昧に答えて、わずかに視線をそらした。

まっすぐに豪が見られない。すっぴんだから見てほしくないってことと、彼を見たらいろんな気持ちが噴出してしまいそうで。

「明日も無理しなくていいぞ。先輩方も言っていた」

「もう平気だと思う。出勤できるよ」

微妙に視線を合わせないまま、ニッコリ笑ってみせると、反対に豪は渋い顔をする。

「おまえ、何か言いたいことないか？」

「ないよ」

「その笑顔が嘘くさい。だいたいこういうときは、よからぬことを考えてるんだ」

よからぬことって何よ。よからぬ疑惑があるのは、あんたの方じゃない。

でも、ぐっと口を噤んだ。

私は豪を信じなきゃいけない。苦しくても。

「豪、お見舞いありがと。ゆっくり眠って、明日には元に戻ってるから」

そう、体調も気持ちも元通り。こんなことでカリカリしないんだから、私は。

「翠、考えてることをきちんと言葉にしろ」

豪がなおも言う。

「やだなあ、だから何もないって」

「おまえ、土曜に風間さんと会っただろう。俺のマンション前で」

ぎくりと私は固まった。豪は私の気持ちを見透かして言っている。

「気になるなら聞いてくれ。俺も誤解はされたくない」

「だから、平気だって。ちゃんと信じてるから」

「じゃあなんで、ヘラヘラ笑って俺の方を見ない⁉」

豪が声を荒らげた。

「言いたいことがあるなら言え。聞きたいことがあるなら聞け！」

「平気だって言ってるでしょ⁉」

思わず私も怒鳴っていた。

「私は平気なの！　平気ったら平気！　やめてよ、もう。喧嘩したくないから黙ってるのに、暴こうとしないでよ！　ちゃんと呑み込んだのに」

言いながら、喉の奥が苦しくなってくる。目から熱い塊みたいな涙が、ぼろんぼろんとこぼれ落ち始めた。

「大丈夫って言ったじゃん。気にしてないって言ったじゃん。豪のこと、信じてるもん。私、理解ある、いい婚約者でしょ？　それでいいじゃない」

涙が止まらない。悔しいのか、怒っているのか……。

ああ、私は寂しかったんだ。豪が嘘をついていたかもって思ったことが。信じきれない自分が。悲しくてたまらなかったんだ。

「翠」

私の両手を豪が握った。あったかい。分厚い手のひらが私を包む。

「すまなかった。信じてほしいあまり、言い方がきつかった。おまえは悪くないのに」

豪の瞳はまっすぐで、情熱的なほどに私を見つめる。

「あの日、風間さんが急にマンションに来たんだ。おまえと約束した直後に。誰から住所を聞いたのか知らないが、たぶん田城あたりに調べさせたんだろうな。部屋に入れてと言われたけど、断った。マンションのエントランスから先には通してない」

風間さんは豪と過ごしていたことを匂わせていたけど、考えてみたら不自然だ。それなら豪が私の誘いに乗るはずはない。

「風間さんに会ったのよ……。豪が中に入れるわけないって思ったけど、部屋にいたみたいなことを言われて。それで頭がぐちゃぐちゃになって……」

「それは絶対にあり得ない。俺は『これから翠と会うので早く帰ってくれ。彼女に誤解をさせたくない。家に来るようなことはやめてほしい』と伝えたからな。たぶん、彼女の仕返しだ」

そうだったのか。あれは風間さんが、私と豪を引き裂こうとした狂言だったのだ。

豪の口からはっきりと否定してもらえるだけで、こんなに気持ちが違う。彼の誠意が伝わってくる。

「豪のこと、信じてるつもりだった。だから、いちいち言わないようにしてたんだからね」

「悪かった、翠。でも、今度からは言ってほしい。おまえがひとりで不安に耐えるのは嫌だ」

ベッドの上の私を豪が見上げる。お姫様の前にひざまずいた騎士みたい。存外、顔が近くてドキドキする。

「俺は何度だって潔白を証明する。おまえに信じてもらえるまで努力する。俺はおまえの夫だからだ」

気が早い、と思いながら、私の心にあるのはまぎれもない喜び。

「俺はこの先、ずっと翠以外には触れない。翠に対して裏切る行為はしない。……中学生の頃、恋愛は自由だと決めた。でも、そろそろ、その約束をやめないか？」

「え？」

「翠にも俺だけを見てほしい」

まるで愛の告白。いや、豪なりに精いっぱいの言葉だ。

ここで見栄を張っちゃいけない。私は恥ずかしさに唇を噛みしめながら、うつむいた。必死に言葉を紡ぐ。

「恋愛は自由も何も……私、彼氏いたことないし」

豪が一瞬固まった。

目が点と言ったらいいのか、彼にしてはかなり間抜けな顔で停止している。その間、二十秒ほど。

「彼氏……いたこと……ない？」

「繰り返さないで！　そうよ、彼氏いない歴イコール年齢っつうあれよ！　悪い⁉」

「いや、でも、おまえ、先輩とか……仲いい男子だって何人か……」

「その男子の誰が『俺は斎賀豪に勝る男だ』って思う？　みんな、私の婚約者のことを知れば、自分のスペックと比べて逃げてくっつうの。それに私は分家の立場よ。本家の跡取りを差し置いて、浮気にあたることなんかできない」

それに、豪はあれだけモテていた。私という枷《かせ》が外れれば、豪は他の子と恋に落ちることができると思ったのだ。それは言わないでおくけど。

またしても豪が凍りつき、数瞬後に深いため息をついた。

「誤解してた……。翠は男なんて選び放題だと……」

「言うほどモテないんだから。豪こそ、選び放題でしたね。とっかえひっかえ」

「あれは、その……おまえが恋愛は自由とか言うから……腹いせ的な」

「何それ！　女子の敵！　付き合ってきた子たちに謝れ！」

ポカポカと豪の頭を叩いて怒ると、彼は真面目に「ごめんなさい」と言っている。

腹いせってことは、私に彼氏ができたかもって思ったからなんだよね。当てつけみたいな感じだったのかな。

やだ。それじゃ、あの頃の私たち、両想いだったんじゃない。

恥ずかしくて余計にポカポカと豪の頭や肩を叩いていると、両手首をがしっと掴まれた。

「翠」

顔と顔が近い。キスできちゃう距離だ。

いや。もう雰囲気が変。豪は私を見たことがないくらい優しく情熱的に見つめているし、私もきっと意識しまくった顔をしている。

まずい。唇同士が近づいてしまう。どちらからともなく瞳が閉じてしまう。

その瞬間だ。

「翠ー！　豪くーん！　ごはんよー！」

ドアの向こうから、母親の陽気な大声が聞こえてきたのだ。私と豪は弾かれたように飛びすさり、お互いの元いた位置に戻った。

あ、危なかった。雰囲気でキスしちゃうところだった。

婚約者とはいえ、まだそういうのは早いでしょ。早いよね、うん。

「豪、ごはんだって。食べてって」

「ああ。翠は食べられるのか？」

「うん。もう全然平気そう」

ふたりでごまかすように言い合い、立ち上がる。

豪が赤い顔をしていたのが新鮮だった。

【翠お誕生会計画】
私の誕生日が迫った七月、祭からそんな連絡が来た。わざわざ、私と豪を交えたメッセージグループを作り、そこにこんな文言が並ぶのだ。
【日時：次の土曜、十七時
場所：豪のうち
ごはん担当：俺

飲み物担当：豪
楽しむ担当：翠
プレゼント：俺と豪それぞれ】

昼休みにメッセージを受け取った豪が、私に言う。

「あいつ、いろいろ勝手に決めてきたぞ。いいのか？　翠」

確かに、誕生日を祝えと言ったのは私だけど、豪の家でパーティーをしようとは言っていない。

「私はいいけど、豪の家、使われちゃうよ」

「まあ、俺の家はいいんだ」

豪は歯切れが悪い。

もしかして、豪は豪で私の誕生日を祝う算段をつけていたのかな。そうだとしたら嬉しいんだけど。

「きっと、祭が美味しいものをいろいろ用意してくれるんだよ。豪がいいなら、豪のうちで、ふたりで祝ってよ」

私が明るく言うと、豪は頷いた。

もし、彼がふたりきりを考えていたなら、嬉しいと同時に戸惑ってしまう。

豪と距離が近づいているだけに、このまま一緒にいたら、いろんな意味で接近してしまいそう。

それはいいことなんだろうけど……うーん。単純に、私の心の準備が全然できていない。

祭に【ありがとう】と返信してから顔を上げる。

「それはそうと、鬼澤の件、その後何か言われた?」

「俺には特に。たぶんだけど、先に黒瓦組の若頭を落とす気だと思う」

豪は冷静に説明する。

「詐欺グループを摘発。同時に黒瓦組に手入れ。そこから鬼澤へ繋げて、贈収賄罪で片付けるつもりだろうな」

「内々の処理じゃ間に合わないのね」

「財務省と国土管理省の意向ではない。詐欺グループ拠点が海外だったこともあって、警察庁と国家公安委員会が動いてる。現地警察も動いてる。俺たちは資料提供をして、沙汰はあっち任せだろう」

そうなったら、鬼澤について情報をくれた長親氏はどうなるだろう。彼も、彼の家族も巻き込まれている。

そりゃ、彼らに落ち度がなかったかといえば違うかもしれない。でも、罪状の重さは全然違うんじゃないだろうか。

「情報提供者は守る方向で、局長が動いてくれてる。事件になれば無傷とはいかないが、できる限りのことはするはずだ」

私の思考を読んだように、豪が言った。

「翠が心配しなくていい」

なんだか、見透かされているみたい。

でも、こういう豪の物言いが最近はそんなに嫌じゃない。豪は豪なりに私を尊重しているし、気遣っている。言葉が強いのと、私が常に噛みつく姿勢でいるからこじれるだけで。

「俺としては、黒瓦組の若頭が早々に逮捕されることを願ってるな。あいつはおまえに会うたびちょっかいをかける。次はさらわれるぞ」

「もう接触するようなことはないわよ。っていうか、一回目も二回目も別人だと思われてるんじゃないかな」

つまり、あの男の好みのタイプなのね。うぇえ、嬉しくない。

「あのな……」

豪が言いかけて、「なんでもない」と話をやめた。

たぶん、豪は私が直接、調査対象と接触することを心配しているのだと思う。

前回の失敗もある。私がもう少し慎重にならなければ、豪はいつまでも私を信用してくれないだろう。

「鬼澤が用意した海外拠点は、私が現地の管理者と繋がってる。タイとシンガポールね。何かあったらすぐ動けるようにしてるから。詐欺グループ摘発は時間の問題よね」

胸を張ったけれど、豪は別のことを考えている様子だった。

「ほら、豪。下のコンビニに買い物に行くんじゃないの？　私も行くから、一緒に出よう」

雰囲気が暗い豪の気を引き立てようと、先に立ち上がり、声をかける。二の腕を引っ張ったのだけど、彼が椅子から腰を上げるタイミングとかぶってしまった。

勢いでよろける私を豪が支える。背中に手を添え、咄嗟のこととはいえ、胸に抱き寄せた。

「ごめ……ん。……豪」

オフィスでいきなり抱擁の格好になってしまい、私は慌てた。豪の心臓の音が近い。

ぬくもりと香りに、胸がきゅうっと苦しくなってしまう。

けして居心地が悪いわけじゃない。無条件に安心してしまうというか、このまま目をつむりたくなってしまうというか……。

ちょっと、ちょっと。私、どうしちゃったの？

「いや、俺の方がタイミングが悪くてすまない。コケたら書類に突っ込んで、大惨事だったな」

「うん、そうね」

オフィスは男の職場だけあって、常に綺麗なわけではない。床やデスクにまで紙の資料が積んであることもしばしばなのだ。転ばなくてよかった。

「おふたりさん、最近、仲いいねえ」

横から声をかけてきたのは局長だ。私は、はっと正気に戻った。

ここは昼休みのオフィス。私たち以外にも先輩方が三人ほど居残っている。見れば、みんなニヤニヤと私たちを見物しているではないか。

私はすさまじい勢いで豪から離れた。心臓がドキドキばくばく。さっきとは違う意味合いで苦しい。自分の顔が青いんだか、赤いんだかわからない。

「朝比奈が転びそうになったもので」

豪は私ほど焦っていない。当然のこと、とでも言いたげに冷静な返しだ。

「仲がいいのは嬉しいことだよ」

局長がニッコリ笑顔で言う。私は先輩方の妙に温かい視線に耐えかねて、財布だけ持ち、逃げるようにオフィスを出た。

「翠、俺も行く」

まったく照れることなく、私の後をついてくる豪。

もう！　最近の豪、前とかなり違うんだけど。

土曜。私の誕生日がやってきた。

別に毎年祝えなんて言っていない。学生時代は祭と豪と三人でファストフードを食べに行ったり、居酒屋に行ったりしたくらい。

社会人になってから〝お誕生会〟を企画されるのは初めてだ。

私は一応、ワンピースを着た。母と買い物に行くいつもの店で、ボーナスを使ってちょっとだけ普段より値の張るものを買った。

雑誌を見たり流行を調べたりはするけれど、私はおしゃれな方ではない。メイクも服も、人並みに見えるよう工夫しているだけ。武装するほど盛れないし、盛り方もわからない。

そんな私は、これでもお嬢さんの端くれ。プチプラで可愛くではなく、ある程度のお値段のものを着ることで、相応感を出している。斎賀の本家に呼ばれたりするときは、それなりの格好をしなければならないもの。

だからわざわざ誕生会のために、ボーナスでワンピースを買うとは、我ながらなかなかの気合いだ。相手はいつもの豪と祭なのに。

十七時少し前に豪のマンションを訪れた。エントランスで「翠です」と名乗る時点で緊張していた。別にふたりきりってわけじゃないんだし、意識しすぎだ。

『どうぞ。祭はまだ来てない』

インターホンで返事が来て、エントランスのドアが開錠された。

中を進み、豪の部屋にたどり着くと、Tシャツにジーンズ姿の彼が現れた。大学生の頃みたいにラフだ。あれ？　私ってば、気合い入れすぎた？

「お邪魔します」

豪の部屋にはすでに、食器やお酒が用意されている。ワインクーラーで冷えているのはお高いシャンパン。

「すごいね」

「飲み物担当だしな」

「量もすごい」

「俺も祭も飲む」

私はたいして飲める方じゃないけど、確かにふたりはよく飲む。

そうか、誕生会という名の三人の飲み会なんだわ、今日は。しかも学生時代みたいにオールナイトで。

やっぱり私、意識しすぎちゃってたみたい。

少し気が楽になると、豪が私をまじまじと見つめているのに気づいた。

「そのワンピース、似合うな。髪もアップにしてるの、可愛いよ」

似合う？　可愛い？

豪がさらっと褒めるから、私は言葉をなくしてしまう。

どうしたらいいの、こんなとき。どんな顔したらいいの？

「あ、ほら、誰か来た！　祭じゃない？」

慌ててせっついたのは、恥ずかしかったから。

インターホンの呼び出しに豪が向かうので、私は後からのそのそとついていった。

ああ、ドキドキした。可愛い？　豪の口から聞いたことないんですけど。

来訪者は祭ではなかった。玄関に現れたのはふたりの男性で、フードデリバリーサービスのキャップをかぶっている。

届けられたのは、有名なスペインバルのアラカルトと肉料理。さらにこれまた有名なパティシエの店からケーキが届いた。

「陣内 祭様からのお届けです。おことづけをお預かりしております」

メッセージカードを差し出される。見ればこんな内容だ。

【翠、ハッピーバースデー。

俺は急な仕事で行けなくなってしまいました。本当にごめん。

プレゼントは明日着で翠の家に届くから、受け取ってね。

今夜は豪と仲良く過ごして！　祭】

豪とふたりでカードを覗き込み、脱力しそうになってしまった。

絶対、嘘だ。

いや、実際に仕事なのかもしれない。でも、ここに来られないように図ったのは間違いない。

私と豪をふたりきりにさせようということだろう。どうするの？　学生時代の飲み会気分になっているのに。豪と朝までふたりきりで過ごせってこと？　ああ、もう、祭になんか相談するんじゃなかった！

しかし、私も豪も祭の思惑がわかっていても言えない。だって、いざ言葉にしたら気まずいことこのうえない。

デリバリースタッフが帰っていくと、豪が口を開いた。

「仕方ないな」

豪だって絶対わかっているはず。祭が余計なお節介をしたんだって。だからこそ、豪は気にしていないような素振りで言うのだ。

「ふたりで楽しむしかないだろう」

そ、そういう結論に達するしかないよね。お酒はともかく、料理やケーキはまたの機会に回すわけにはいかないもの。

リビングのローテーブルに並んだ美味しそうな食事や、お酒の数々。豪はソファに座り、ためらいもなく音をたててシャンパンを開けた。

ふたつのグラスに注ぐと、片方を手渡してくる。私は慌てて、豪の隣のソファに腰かけた。

「ハッピーバースデー」

豪がグラスを掲げる。おそらくクリスタルであろうグラスをぶつけられないので、私もその場で掲げた。

「あ、あのね、豪」

「なんだ？　バースデーソングでも歌うか？」

「いいわよ、そんなの」

ふたりでいいの？

本当に私と一緒で楽しい？

聞けない質問が、胸の中でざわざわする。変なの。昔だったら、なんでもずばずば言えたのに。私ってば、どうしちゃったんだろう。今、豪が何を考えているかが気になってしょうがない。

「食べよう。きっとうまいぞ。祭はこういうチョイスは外さない」

「確かにそうだね」

オードブルの皿から、キャビアとオニオンの載ったバゲットを取り、口に放り込む。

うん、美味しい。豪も鴨《かも》のローストを食べ、私と同じように頷いている。

「祭、全然そう見えないのに、食べ物大好きだよな」

「あんなに細いのに大食漢だしね」

「俺たちよりずっと貪欲なんだよ、胃袋も、人生の価値観も」

そうでないと、あの若さで起業なんてできないだろう。私をここまでパワフルにしたのは豪と祭。三人でしのぎを削ることで、今の私は形成された。

「実を言うと、中学からあんたと祭と三人でテストとか対決するの、結構好きだった」

「テストが好きとは変なやつだ」

「そういう話をしてるんじゃないの！」

「わかってるよ。……俺も結構好きだったよ。いつも翠と祭が追撃してくるから、気が抜けなかった」

豪の言葉に嬉しくなる。私たちはやっぱり、あの限られた時間に、近しい立ち位置でものを見ていたのだ。

「帝士の三傑とか、言いすぎよね」

「ただ競って勉強してただけなのに、学園の元締め感あるふたつ名をつけられてもな」

私たちは顔を見合わせ、少し笑った。

大きなケーキは切り分け、ふたり分を皿に取ると、残りは冷蔵庫に入れた。明日の朝食べるにしても、半分は、私が自宅に持ち帰らなければならないだろう。母には豪と祭とパーティーをしてくると言ってあるから、別にいいんだけれど。

見た目はシンプルなショートケーキ。ベリーソースがおしゃれにデザインされて、かかっている。

しかし、味は複雑だ。層によって挟まっているソースが違うようで、ピスタチオやマンゴーの味もする。美味しい。祭は本当に私のツボをよく心得ている。

夢中でもぐもぐ食べていると、豪が皿を置いた。

「風間さんは、もうちょっかいをかけてこないから」

不意に言うので驚いてしまった。

「何、今さら」

私がまだ気にしていると思っているのだろうか。

風間さんがマンションのエントランスに来ていた事件は、解決している。同じようなことがあっても、私自身が気にしなければいい。

「翠が嫌な思いをするのは、俺が嫌だ。正式に『振った』よ」

豪が感じ悪くニヤッと笑う。

「翠も斎賀の一族だってことを忘れているみたいだからな。俺の妻に不快な思いをさせるってことは、斎賀に盾突くのも一緒。財務省にいて、斎賀を敵に回して生きていけるわけはない」

「斎賀パワー使ったの？　あんた、そういうの嫌いじゃない」

「そういうわけにもいかないさ。おまえも、一族も守らなきゃならない。風間さんは、もう言い寄らないと言っていたよ。憎々しげだったけどな」

それはまあ……その顔が浮かぶわ。

私が嫌がらせを被らないように、斎賀の力で遠ざけた豪のやり方は賢い。でも、彼はむやみに斎賀を振りかざすやり方は好きではないはず。

豪は最近、一族のための仕事に関わることが増えた。それは今、局長がやっている仕事だ。財界人と会ったり、政界のトップとの非公式な会合にも同席することがあるようだ。

特務局トップ、ひいては斎賀の長。この国の財を仕切る斎賀の頂点。豪はいつかそういうものになる。

それはどれほどの重責だろう。本人の望むと望まざるとにかかわらず、豪は斎賀そのものになるのだ。

「あのね、私のことは守らなくてもいいのよ」

私はケーキを置き、豪を見つめる。

「私はあんたの足を引っ張らない。自分のことは自分で守れるし、あんたに守ってもらう手間はない」

豪がきょとんと私を見つめる。

「っていうか、豪と私は対等なの。本家と分家っていう上下はあるけど、私は気持ちのうえであんたに負けたことなんか一度もないわ」

「……成績」

「それだって、中学から平らに均したら、私もあんたも祭もほぼ大差ないわよ！」

イライラと言って、私は隣に座る豪を下から覗き込む。

「だーかーらー！　私をあんたの〝お仕事リスト〟に入れるのはやめて。妻になろうが、斎賀本家の跡取りを産もうが、私は豪の世話になんかならなくて平気！」

うまく伝わっている自信はない。でも、私はあんたの重荷になりたくない。ヒーローに守られ、幸せそうに笑う、何も知らないお花畑のヒロインでいたくない。

ふっと豪が微笑んだ。嬉しそうな、こぼれるような笑顔だ。

「少しは隙を見せろ。好きな男には」

「ぶえっ⁉」

好きな男⁉

豪の言葉に反応しきれず、変な声が出てしまった。

「じっ、自意識っ！　過剰！　なんじゃっ、ない？」

怒鳴る私の顎を豪が捕らえた。肩を掴まれ、引き寄せられる。

間近にあるのは豪の顔。

「まあ、そういうおまえが好きではある」

豪の言葉が終わるか終わらないかで、私たちの唇は重なっていた。

柔らかく触れ合う唇。あったかくて、優しい感触。

嘘でしょ。出会って十二年目のファーストキスだ。

「ご、豪」

唇が離れると、豪が私を見つめていた。いつもの豪なのに、瞳が優しい。

きっと、この表情は私しか見たことがないだろう。確信を持って思う。

「甘い。ケーキ味のキスだ」

「うるさ……」

豪がグラスを取り、シャンパンをごくりとひと口飲み込む。

「次はシャンパン味にしよう」

言うなり再び口づけられた。今度は強引に舌を差し込んでくる。

呻く暇もない。豪の腕の中、深いキスに翻弄される。

何分経っただろう。唇だけ解放され、私は息も絶え絶えだった。身体はまだ豪に抱き寄せられたままだ。

「いきなりすぎ。強引すぎ」

文句を言ってみたけど、か弱い声になってしまった。

驚いた。そしてめちゃくちゃドキドキした。豪とキスをしてしまった。

すると豪が、そろりと私から腕を外す。終わり？と思って、この先まで期待していた自分に気づいた。恥ずかしい。

見れば彼も赤い顔をしている。

「今日はここまで。結納の日取りも決めずにおまえを孕ませたら、じいさんも親父も猛さんもガチギレだろうし」

「はっ、孕っ……！」

とんでもないことを言われて、私はソファから飛びすさってしまった。確かに一瞬期待したけど、それは豪も同じだったってこと⁉

「逃げるな。今日は、男のエチケットのあれがないんだよ。だから、我慢しますって言ってる」

「あ、あんたねぇ！そーいうことをハキハキ言わないでよ！」

祭と三人の予定だったし、豪は私とこんなキスをしてしまうことも想定していなかったのだろう。

私とキスをして、豪はそういう気になってしまったのだ。私もそれは嫌な気持ちではない。

赤い頬のまま、彼はそっぽを向いている。

空気が変なままだ。どうしよう！

「あのね！　健全なバースデーパーティーのために、また映画でも観ない？」

私は慌てて鞄からBlu-rayディスクを取り出した。豪と祭が本格的に飲み始めてしまったら退屈だろうと持ってきた、洋画コメディだ。

「賛成」

豪が小さく言って頷く。

私はいそいそとディスクをセットし、リモコンを持って、豪の隣にちょっとだけ距離を取って座った。

「翠、誕生日プレゼント」

「それは後でいいよ！」

また妙な雰囲気になると困るので、豪が用意してくれたらしいプレゼントは後回し。まずは映画で笑おう。

豪も心得たようで、私たちは思いっきり笑いながらコメディを観た。観終わったら、パソコンを接続し、さらにネット配信のコメディの洋画を観続けた。

恥ずかしすぎて、間がもたないから映画で埋めているうちに、ふたり揃ってそのままソファで眠ってしまった。

翌朝、早い時間にソファで目覚めた私たちは、コーヒーとバースデーケーキで朝食にした。

「昨日、渡しそびれた」

そう言って豪が差し出してきたショッパーには、スポーツブランドのロゴが印刷されている。中にはスポーツクラブで使えそうなウェアのセットが入っていた。

「いつも行くジムで使ってくれ」

ニヤニヤと言われ、私は見透かされていることに気づく。

豪のやつ、私がカッコつけて『ジム通いしてる』って言ったのを、からかっているわね。

「ありがとう」

ドスの効いた声でお礼を言う。いつもの私たちに戻っていた。

私と豪は結局こんな感じ。仲の悪い許嫁同士。

だけど、少しずつ歩み寄り始めている。

豪がくれた『好き』という言葉が、胸にずっとある。

実はそれが一番の誕生日プレゼントだなんて、私からは絶対に言わない。


午前中に帰宅すると、祭から花束のプレゼントが届いていた。

【Congratulation】のメッセージ。いったい何に対してのおめでとうなのか、意味深な花束だ。

今回の仕掛け人には、後でたっぷり事情聴取をしなければならないだろう。

おまえのことが好きだから

八月、昼下がりの郊外のジム。ミストサウナ内で、俺は長親健三郎と会っていた。本件の有力な情報提供者に、捜査状況を伝えるためだ。

「振り込め詐欺のグループには、今週中に手配がかかります。タイとシンガポールの海外拠点で、現地警察が準備を進めています。同時に黒瓦組に手入れが入るでしょう」

俺と長親氏しかいないとはいえ、声は低く、手短に伝える。彼を監視しているサイドの人間には、絶対に漏れてはならない内容だ。

「鬼澤事務次官にも、捜査の手が及ぶということですね」

長親氏は神妙に頷いた。

彼の言う通り、本件は国土管理省と財務省で、内々に済ませられる事件ではなくなっていた。

振り込め詐欺グループの拠点を世話していたのが虎丸建設、ひいては鬼澤だということは、すでに捜査本部に把握されている。鬼澤本人の逮捕状も、早い段階で出るだろう。

「現職事務次官の逮捕です。さらにはあなたの娘婿のいる虎丸建設も捜査対象です。オリンピックイベント会場を巡る不正な金の動きは、海外にも悪印象ですから、厳罰化しておきたいというのが内閣の考えですね」

国土管理省側は、鬼澤の逮捕は避けたかったというのが本音だろう。国土管理省大臣は、次期総理候補だ。事務次官の任命責任で、大臣も内閣もやり玉に挙げられる。鬼澤自身に相応の弁済をさせ、体調を理由に職責を退く方向で話を進めたかったのは間違いない。

しかし、鬼澤を逃がしきれないだけの証拠が揃ってしまった時点で、守るのはやめたのだ。

トカゲのしっぽ切りだ。鬼澤が長らく部下たちにやってきたことが身に返ってくる。

俺は言葉を切り、長親氏に向き直った。

「あなたを完全に守りきることが難しい状況です。申し訳ない」

頭を下げると、長親氏が苦笑いした。

「いえ、裏で処理しない方がいいんです。こういうことは」

国土管理省と財務省の中だけで処理できれば、長親氏を情報提供者として守ることができた。しかし警察庁と国家公安委員会が、振り込め詐欺の関連で引っ張ると言えば、どうしたって鬼澤の悪事に深く関わってきたこの人にも捜査の手は及ぶ。

「あなたについては、特務局から警察側に申し入れはしています。しかし、まったくの無傷というのは厳しいかもしれない」

「覚悟はしていました。そうでなければ、最初から情報提供なんかしません」

どこかすっきりした表情で、長親氏は言う。

「私は、自分のような人間を作りたくなかっただけです。弱くて上に逆らえないがゆえに、悪事の片棒を担いでしまうような。私のことは他の誰のせいでもなく、私のせいです。甘んじて受け止めます」

本質的に人がよすぎるから、付け込まれたのだろう。逃れられない環境も悪かった。だが、優しい人間が損をする社会というのは悲しい。少なくとも俺は、自分の手で守れる範囲は、不利益を被る人間が出ないようにしたい。

「斎賀さん、いろいろとありがとうございました」

長親氏が頭を下げる。

「最初にお会いした女性の職員さんにも、よろしくお伝えください。おふたりにはお世話になりました」

俺は長親氏に挨拶し、先にミストサウナを出た。

特務局は、調査権限はあっても逮捕権はない。警察組織が出てきた時点で、俺たちにできることは、調査資料を流すことだけになってしまう。歯がゆくはあるが、存在自体が極秘の特務局には、できることに限りがある。

もし翠が望むなら、特務局を出た方が自由に仕事ができるのではないだろうか。

最近、そんなことを考える。

翠とは、いい関係を維持していると思う。翠の誕生日を祝ったあの日、俺は彼女に好きだと伝えた。あいつが馬鹿で鈍感なのはわかっているつもりだけど、たぶん……本当にたぶん、伝わっているはずだ。

はっきりとは言わなかったけれど、翠はキスを拒むことも抱擁から逃れることもしなかった。

翠が確実に俺を好きかといったら、自信はない。しかし彼女なりに俺に歩み寄ってくれていることは感じる。翠もまた、俺と良好な関係を築きたいと願っている。

俺なりの誠意の示し方があるとすれば、告白しかなかった。

許嫁、斎賀のため……ずっと言い訳を続けてきたが、結局、俺は子どもの頃から初恋を引きずっている。

朝比奈 翠という愛らしい少女に、ずっと恋をしてきた。

もう素直になってもいいだろう。だって、翠は俺を見てくれている。受け入れようとしてくれている。

それなら俺は、翠を精いっぱい大事にすればいい。

斎賀という箱の中でだって……。

そこで俺の思考は、また停止してしまう。

翠を大事に想えば想うほど、このままでいいものかと迷いが生じる。

彼女は才気あふれる人間だ。根性もあり、粘り強い。仕事への意欲も高い。

だが、このままいけば近い将来、翠は俺と結婚し、斎賀の跡取りを産むことになる。

仕事の面でいえば、キャリアの中断だ。

もし財務省に戻ってこられても、同じ分量の仕事はこなせないだろうし、祖父たちはそれを望まない。翠には家庭を守り、一族を繁栄させるため、子を産み続けることを強要するだろう。

特務局にいる限り、翠は斎賀の生き方から逃れられない。

俺の妻である限り、斎賀の本流に組み込まれる。

翠だって納得ずくで、ここまで来ているだろう。分家とはいえ、斎賀に生まれた以上、道を強いられることは当然。

だからこそ、俺は自分にできることを考えてしまう。

翠の人生を縛りたくない。翠のことが好きだから。

俺と斎賀のために、人生を歪めてしまいたくない。


特務局のオフィスに戻ると、室内は騒然としていた。

局長が、入ってきた俺の顔を見て言う。

「豪、朝比奈がお手柄だぞ」

局長や先輩方に囲まれ、翠が照れた顔をしている。自分の感情を隠すのが苦手な方なので、嬉しいという気持ちが照れ笑いに滲んでいる。

「何があったんですか」

「黒瓦組の振り込め詐欺の件、タイ拠点の連中に逃走の動きがあったんだよ。それを朝比奈が掴んだ。今さっきのことだよ」

「現地警察と、警察庁からの先発隊が動いて、身柄を押さえたそうだ」

それは確かに大手柄だ。翠は鬼澤と黒瓦組を調べていた際にこの拠点を見つけ出し、警察庁に情報を流した後も、現地の管理者と密に連絡を取り合ってきた。そこからのタレコミだったのだろう。

局長が声を張る。

「予定より少し早かったが、これを機に、黒瓦組に手入れが入るぞ。特務局は今回、応援態勢を取っている。お呼びがかかったら、六川と豪はいつでも出られるようにしておけ」

特務局が、警察庁、警視庁、国家公安委員会のために人員を割くなんて稀なことだ。たぶん、俺と翠がサパークラブで無茶をやったときに、局長は方々に頭を下げながら、いろいろと約束を呑まざるを得なかったのだろう。

「翠、やったな」

デスクに戻るとすぐに声をかけた。翠は照れた顔を見せまいと、つんとしているが、やっぱり表情は『嬉しい』と言っている。

「別にこの程度、普通よ」

小鼻がぴくぴくしているけどな。本当に嘘がつけないやつだ。

「それより、お呼びがかかったら豪と六川さんが行くの？　私は？」

「おまえは目立つから」

どうせ呼ばれても家宅捜査の交通整理とか、車を回すとかの雑用しか来ないだろう。翠みたいな華やかな女が現れたら、悪目立ちしてしまう。黒瓦組の関係者にサパークラブの件を思い出されても困る。

「そういうの、ずるい」

「ずるくない。適材適所。おまえは本当に仕事が好きだな」

「好きよ。悪い？」

翠の笑顔に、胸が疼《うず》く。

彼女のことを想えば、俺にはできることがあるんじゃないかと考えてしまう。

翠を斎賀から解放する方法を知っているのは、俺だけなのだ。


定時後、俺は局長の元へ向かった。大事な話をするために。

そして翌日には、タイとシンガポールを拠点にしていた詐欺グループが、一斉に検挙されたと報道があった。連中は日本企業だと偽って現地のオフィスを借りていた。金の流れる先が黒瓦組であることが報道され、さらにその次の日、黒瓦組への家宅捜索が入った。

海外拠点を用意していたのが、虎丸建設である旨は即時報道され、鬼澤の名前が挙がってくるのもカウントダウンだ。

鬼澤と虎丸建設の名前が並び立てば、国土管理省が関わっているオリンピックイベントの会場建設に注目が集まることは間違いない。鬼澤の悪事は暴かれ、公のものとなる。

俺と翠が手がけてきた仕事は、ここが着地点となるだろう。

その日、翠は会議室から戻るなり、俺を呼び出した。

「ちょっと自動販売機まで付き合って」

業務中でも、その程度席を外すのは問題ない。そして俺は、翠の話がなんなのか察しがついていた。

翠は無表情だった。その奥に湧き起こる感情を必死に隠しているようだ。

「わかった」

俺は頷いて立ち上がり、オフィスを出た。

自動販売機には立ち寄らず、コンビニの前も通り過ぎ、そのまま外へ出た。翠がずんずん歩くので俺は従う。

人通りのない合同庁舎側の路地で、翠は立ち止まった。

しかし、なかなか振り向かない。背中だけでその怒りが伝わってきた。

「局長に言われたわ。主計局に異動しないかって」

「いい話じゃないか。財務省の花形部署だ」

決めていた言葉を答える。翠が振り向いた。

きつい表情だ。悔しそうに眉が歪んでいる。

「あんたが画策したの？」

俺は答えない。

「私が邪魔だから、特務局から追い出そうとしたの⁉」

「そういうわけじゃない。特務局から出た方が、翠は自由に自分のやりたいことができる。調査業務がなくなれば、今回のように危険な目にも遭わなくなる」

「それは斎賀の考えじゃないのね。豪の考えなのね」

翠が唸《うな》るように言い、俺は頷いた。

「翠が望むなら、斎賀から離れられる。限りなく影響の薄いところまで逃げられる。翠にはその方がいいんじゃないかと、ずっと考えていた」

「っていうことは」

翠が言葉を切った。栗色の瞳から、ぽろりと涙がこぼれるのが見えた。

「私と結婚しなくてもいいってことね」

どこか呆《ほう》けたような声音だった。すでに俺への感情を諦めた表情に、胸がずきんと痛んだ。刺されたみたいに鋭く、痛い。

結婚したくないなんて思わない。翠と結婚したい。

だけど、このままおまえを斎賀の駒の一部にしたくない。翠には翠の人格があり、人生があり、未来がある。斎賀のために生きる必要はない。

翠が好きだから、俺はそう思う。翠を翠らしく生きさせてやりたい。

「そうなっても仕方ない」

答えた声は、冷たく響いたかもしれない。

涙を振り絞るように、翠はぎゅっと目をつむった。それから次に目を開けたときには、もう俺を見ていなかった。

俺を置き去りに歩きだす翠を、俺は追わない。

ビルとビルの間を熱風が通り過ぎる。俺は彼女の背が庁舎の陰に消えるまで見送った。汗が背中を伝った。

「なんだよ、急用って」

のんきな声で現れたのは、多忙の青年社長・陣内祭だ。居酒屋くらもとに現れた祭はカウンター席に着き、ビールとチャーハンを注文する。

祭を呼び出したのは、たぶん俺自身も困惑していたからだ。

自分で決めたこととはいえ、翠の泣き顔を見たら、心がぐらぐらと揺れていた。

翠の才知を斎賀に閉じ込めたくない。イコールが、翠を特務局から出すことであり、さらには俺との許嫁関係の解消に繋がる。

俺がそこまで望んでいるかといえば、ノーだ。翠とは結婚したい。やっと心が通じかけたのだ。

だけど、俺との結婚は翠を斎賀に閉じ込めることになる。

まずは翠が、もっと自分のために仕事ができるように、特務局から出してやりたかった。

しかし、それが翠にとって、俺からの拒絶と婚約関係を無視した行動だと言われれば、否定できない。

「暗い顔だなー」

祭は乾杯もせずに、ぐびぐびと生ビールを半分ほど飲んでしまった。届いたチャーハンを見て嬉しそうに割り箸を割っている。

「この前のサプライズバースデーで、うまくいったかと思ってたんだけど。豪と翠」

「そう簡単にいくかよ」

正確にはうまくいきかけていた。それをあえて壊したのは俺だ。

ぽつりぽつりと喋《しゃべ》る俺に、祭は頷くだけ。全部話し終えても、いつまでもチャーハンを食べていて顔を上げない。

チャーハンを細い身体にしまうと、ふー、と満足そうなため息が聞こえてくる。睨むと、祭はようやくこちらを見て話しだす。

「豪は、自分本位で勝手なところがある。自分が正しいと思ったら曲げない。それは昔から」

いきなりの否定に面食らう。祭が続ける。

「まあ、それが魅力ではあるよ。ただ、今回のことはあまりにも説明不足じゃない？翠に言えばよかったんだよ。『特務局の危ない仕事はさせたくない。斎賀の外で仕事したいなら、上に頼んでみよう。翠は仕事ができるから、きっとその方がいい』って」

つらつらと言って、ニヤッと笑う。

「何より、一番大事なことを言ってない。『全部おまえが好きだから考えた。どんな形でも、おまえと結婚したいことには変わりない』と」

「祭、おまえ、簡単に言うけどな。俺との結婚がイコール翠の将来を奪ってるんだよ」

「はたしてそうかなぁ」

祭はビールを追加で頼み、俺に向き直った。

「翠は本当に斎賀から離れたい？　彼女の人格形成に、斎賀の一族と、斎賀 豪は深く関わってるんじゃない？　特に、あの負けん気の強さは絶対に豪のせいだし」

そりゃ、おまえのせいでもあるだろうと思いつつ、俺は頷く。

「翠を解放したいって気持ちは、豪の愛かもしんないけど、幾分ヒロイックで自己中だよね。翠の望みの本質を見てないよ。翠の喜びは、豪の隣で同じものを見ることだと思うけどな」

俺の隣で同じものを見る。それは斎賀の嫁としての気持ちではなく、翠の心からの希望だったのだろうか。

「俺のしたことは、翠にはマイナスだったのか」

「客観的に見ればプラスかもしれないけど、翠を無視して傷つけたことは間違いないよね」

思わず苦笑してしまう。そうか、俺はまた自分の価値観で物事を進めていたのか。祭みたいに、しなやかにものが見られたら、考えられたら、俺にも翠の気持ちがわかるだろうか。

「祭の方が、翠の気持ちをわかってるな」

「俺だって、自分の好きな子は客観視できないからわかんないよ。豪は翠が好きなんだから、しょうがないでしょ」

俺は翠が好き。言葉にすれば、なんともあっさりしたものだ。

だけど、それが事実。

ひとりよがりの『翠のため』を考えるより、彼女と話すべきなのかもしれない。今からでも間に合うなら。

そのとき、携帯が鳴った。

局長の名前が表示されている。時刻は二十時。オフィスにいてもおかしくない時間だけれど、ふと胸騒ぎがした。

『豪、朝比奈と連絡がつくか?』

電話に出ると開口一番、翠のことを言われ、驚いた。

「電話してみることはできますが」

公用携帯も持っているので、そちらでかけてみる。コール音もしない。繋がらない。

『少し前に、朝比奈に黒瓦組の本部に行ってもらったんだ。若頭の愛人が子どもを連れてやってきて、騒いでるらしくてな』

黒瓦組は若頭が逮捕され、ガサ入れも終わっている。一応、警視庁の公安関係者が常に配備されている。

『たまたま公安の知り合いが来ているときに、その話があって。愛人が取り乱して騒いでいるから、女性職員を回したい、と。公安からは出せる人員がいないというのを聞いて、その場にいた朝比奈が、自分が行くと請け負ってくれたんだが、その後報告がない』

若頭の側近なら、サパークラブでの翠の顔を覚えている人間がいるかもしれない。あのときのキャバ嬢が、自分たちを調査していたサイドの人間だとバレたら事だ。

「俺が行きます」

電話を切り、立ち上がると、すでに会計を済ませた祭が外でタクシーを停めている。

「すっごく嫌だけど俺も行くよ。豪ひとりじゃ心配だし」

祭は顔をしかめ、タクシーに同乗する。翠に何かあったとき、祭がいてくれるのは精神的にありがたい。

「局長が、応援を要請してくれているとは思うけどな」

黒瓦組の本部事務所は、有楽町からもさほど遠くない。タクシーで到着したのは、一般企業の名を冠したオフィスビルだ。いわゆるフロント企業の名前を出しているが、ここが黒瓦組の本部となる。

エントランスには、公安関係者であろうスーツ姿の男や、明らかに黒瓦組の構成員である柄の悪そうな男たちが十数人集まり、騒然としている。

女性の大声が聞こえる。おそらくは輪の中心で騒いでいるのが、若頭の愛人だろう。ちらりと姿が見える。

一見して、翠の目立つ姿がここには見えない。

「祭、裏手を見てこよう」

ビル横の狭い通路を進む。人ひとりがやっと通れる程度の隙間だ。配管やゴミを避けて進むと、すぐに声が聞こえてきた。

「離しなさいよ！」

ドキリとした。翠の声だ。

「そういうわけにはいかねえよ。キャバ嬢かと思ったら公安のクソアマだったとはな」

男の下卑た怒声も聞こえる。俺は後ろに来ている祭を制し、立ち止まった。じり、とつま先を進める。

「おまえらのおかげで、黒瓦組はもう立ち行かねえ。納得いかねえやつらを満足させてもらわなきゃなんねえんだよ」

「なあに。何人か相手してもらったら、顔が綺麗なうちに、アジアの風俗に売ってやるよ」

「足の腱《けん》、切っときゃあ逃げらんねえからな」

「離せ！」

翠が腹の底から叫ぶのが聞こえた。

声から、相手がふたりなのはわかった。若頭の側近には腕の立ちそうなやつもいた。この場を切り抜けられるかはわからない。

しかし、そんなことを考えている余裕もない。

俺は路地から飛び出した。ビルの裏口の前で、翠が構成員に拘束されている。手を後ろに回され、捕まっているのだ。

フェンスの向こうの細い道に横づけされた車が見える。その向こうは用水路だ。そちら方面に逃げ場はない。

俺は猛然と走り、翠を捕まえる男のひとりを殴った。男がよろめく。

もうひとりの男はサパークラブで見かけた、どう見ても格闘家か武道の有段者かといったガタイのいい男だ。

「なんだてめえ！」

「公安の野郎か！」

怒号とともに、俺の顔に大男の拳がぶつかる。咄嗟に身を引いたからクリーンヒットは避けられたが、ものすごい衝撃に、視界が一瞬、閃光《せんこう》に包まれた。

負けるか。ここで翠を守れないで、誰が婚約者だ。

俺は翠の腕を引き、祭のいる路地の方向へ思いきり突き飛ばした。

「行け！」

祭が飛び出し、翠の身体をキャッチする。視界の端にそれが見えた瞬間、腹に大男の膝がめり込んだ。胃袋の中身が全部戻りそうな膝蹴りだ。

「おい。こいつ、代わりに連れていこうぜ。リンチしねえと腹が収まんねえよ。最後、溶剤で溶かして捨てればいいだろ」

よろめきながら、その言葉を聞く。そんな最期は御免被るが、分は悪い。今の攻撃でアバラの下の方が軋《きし》んでいる。ヒビくらいは入っているだろう。

この状態では勝つのはもちろん、逃げるのも厳しそうだ。

「おい、公安のクソガキ。覚悟決めろよ」

俺がサパークラブで暴れた男だとは気づいていないようだが、それでいい。

近づいてきた大男が、俺の腕を掴もうとした瞬間――。俺は身をかがめた状態から一気に顔を上げ、そのまま男の鼻と唇の間に頭突きをかました。

「ぐあっ!」

大男がひるむ。誰だって鍛えられない部位はある。

もうひとりの男が飛びかかってくるのを蹴り倒したが、その場で激しい肋骨《ろっこつ》の痛みに呼吸が止まりそうになる。

くそ、逃げなければならないのに。

「おまえら、そこまでだ!」

崩れ落ちそうな俺の背後から、大声が聞こえた。すぐに、何人もの捜査員が狭い路地から飛び出してくる。

表のエントランス付近にいた、公安の捜査員たちだ。

さすがに十数人の捜査員相手では、男ふたりはなすすべもなく捕まった。

「豪!」

祭が俺の元へ駆け寄ってくる。後ろから、翠が不安げな表情で俺を見ている。

「大丈夫?」

「まあまあ」

たぶん肋骨が折れている、などとは言えない。息を吸うたびに激痛で眩暈《めまい》がする、とも言えない。

「翠、怪我はないか?」

精いっぱい声を張って尋ねると、青い顔をした翠が頷いた。

「じきに局長が来る。一緒に車に乗って帰れ」

そこまで言って、いつまでもうずくまってはいられないので、わざと平然と立ち上がってみせた。

「特務局の応援人員か」

現場責任者であろう年嵩《としかさ》の捜査員がやってくる。

「顔色が悪いぞ。怪我か?　救急車はいるか」

「大丈夫です」

その辺のやり取りから、痛みで記憶が曖昧なのだ。どうにか受け答えはしていたものの、なんと言ったかあまり覚えていない。

祭に連れられ、翠が表通りに向かう背中を見て、俺は安心してその場に膝をついた。

大嫌いなあなたに恋をした

鬼澤が逮捕された。

振り込め詐欺グループ、黒瓦組に拠点を提供し、見返りをもらっていたことが罪に問われたのだ。さらに、オリンピックイベント施設建設において、虎丸建設に便宜を図ったことも捜査が進んでいる。

現役事務次官の逮捕劇、しかも黒い繋がりというのは、センセーショナルにニュースをにぎわせた。

黒瓦組は事実上、壊滅。私を拉致しようとした男たちも、暴行の容疑で逮捕された。豪は左の肋骨を折る怪我をした。私が帰された後、局長が病院に連れていったと聞いたのは翌日。

しかし、その日の午後には半日遅れで出社してきた。

『ヒビが入っただけだから問題ない』

本人はそう言っていたけれど、私を助けに来てくれて負った怪我。申し訳ない気持ちでいっぱいだ。

豪が平然と仕事をこなすから、余計に胸が苦しくなる。それなのに、かける言葉が見つからない。きちんとお礼すら言えていない。

豪とうまく話せなくなっている自分を感じる。

豪は私に、主計局に異動してほしいのだ。そのために局長と話までつけてきた。私には何も言わずに。

豪の考えていることは、なんとなくわかる。やみくもに私を遠ざけたいわけじゃない。私を想っての行動だろう。

……だからこそ許せないこともある。

結局、私は豪に信頼されていない。ひとりの人間として認めてもらえていないのだ。

本当に勝手なやつ。私のことなんか、どうせ下にしか見ていないんだ。

しかし、今回の豪の怪我で、私の考え方にも変化が生まれた。

私は豪に『認めてもらう』必要なんかない。

そうだ。私は私だ。認めてもらわなくなった朝比奈 翠は、朝比奈 翠のまま。このまま豪の思う通りにしてやる義理なんて、ある？

「局長」

朝一番、豪はまだ出勤していない。私は局長に声をかけた。

「異動の件でお話があります」

土曜、私はベイエリアにある教会に豪を呼び出していた。

今日のために選んだ白のワンピース。髪の毛とメイクは、美容院で朝早く仕上げてもらった。

ここの教会は以前、仕事で張り込み現場に使わせてもらったことがあるので知っていた。真夏の今は結婚式で使われることもほぼなく、日曜以外は一般にも貸し出しているそうだ。今回、牧師さんは快く貸してくれた。

座席に腰かけ、私はじっと待った。外からセミの声が聞こえる。古い建物なので冷房の効きはイマイチのようだ。汗がじわりと滲む。

やがて背後でドアが開く。豪が立っていた。

「翠、どうした。こんなところで」

呼ばれて素直に来るなんて、豪はお人よしだ。

それとも、私の決心に気づいているのだろうか。

「ここまで来て」

私は立ち上がり、豪を見据えて静かに言う。

心臓がどくんどくんと音をたてている。

歩み寄ってきた豪を見上げ、次の瞬間、私はその襟首を掴み上げた。

豪が面食らった様子で、次に肋骨の痛みに顔を歪める。構わず私は鼻先を近づけ、怒鳴るように言った。

「斎賀豪！　私にプロポーズして！」

彼の唇が『翠』と私の名を形作った。声は出てこない。かなり驚いているようだ。

答える間も与えず、私は叫ぶ。

「私のことが好きなんでしょ？　それならプロポーズして！　特務局から離れろとか、婚約破棄とか、くだらないこと言わないで、ちゃんと本音を言葉にして！　誓って！」

「でも、翠──」

「主計局への異動は断ったから」

豪がなおも驚いた表情になる。

「私の人生は私が決める。勝手に気遣って、先回りして決めつけるのはやめて！　夫婦になっても、私とあんたは対等なのよ」

「斎賀に入れば、おまえは自由には生きられない。仕事だってやめろと言われるかもしれない」

「言わせておけばいい。本家の嫁の役割を果たすんだから、私だって主張すべきことはする」

「おまえにはひとりで生きていく才知がある。斎賀に埋もれていいのか？」

「勘違いしてるわ、豪」

私は言葉を切って、彼の襟首を掴む手を緩めた。

「私の人生の目標は、斎賀 豪に勝つことよ。斎賀って土俵の上で充分。そんなの生まれたときから了承済み！『翠には敵わない。翠はすごい』、そう言って、あんたが私に屈服するのが見たいの！ 勝手に土俵から下ろそうとしてんじゃないわよ！」

豪が、ぽかんと開けていた口を閉じた。

それから顔を伏せたかと思うと、くっくっと堪えきれないような笑い声が漏れ聞こえてくる。

「翠、俺の負けだ」

「は⁉ 何よ！」

再び食ってかかろうとした私の身体を抱き止め、豪が唇を重ねてきた。抗いそびれて、私はキスを受ける。

顔を離すと、豪がささやいた。

「翠、好きだ。俺と結婚してくれ」

私の顔はたぶん、一瞬にして真っ赤になったと思う。豪が私を見つめ、想いを重ねてくる。

「おまえのバイタリティ、勇気、根性、負けん気、すべてがまぶしいと思ってきた。愛らしい顔も美しい身体も、いつか俺のものになると思うと、胸が躍った。翠、最初からおまえには負けてるんだ。俺はおまえに恋してる」

「ちょ、調子のいいこと言わないで！」

プロポーズしろと自分で言っておいて、豪の真摯で情熱的な瞳と言葉に捕らえられたら、慌ててしまう。

抱擁から脱出しようともがくけれど、さらにきつく抱きしめられ、唇を奪われた。

「好きだ、翠。おまえを危険や、斎賀の煩わしさから解放したかった。おまえに相談せず、独断で動くことでおまえを傷つけた。許してほしい」

「本当、勝手よ。主計局になんか行ったら、風間さんにいびり倒されちゃうじゃない。あんたが振ったばっかりなんだから」

「素直にいびられる女じゃないことは知ってる」

ごつんと豪の背中を小突くけれど、彼はびくともしない。

肋骨を怪我しているくせに、頑健なところが憎らしい。

「プロポーズしたぞ。返事がないんだが」

豪は私をきつく抱きしめたまま言う。そういえば、私からはきちんと言葉にしていない。

言わなければ。ずっと想ってきた言葉を。

私は豪を見つめ、言った。

「大好き。豪のことが大嫌いで大好きで、ずっとずっと一緒にいたい」

豪が笑う。

「大嫌いで大好きとは、斬新だ」

「そうよ。基本、あんたみたいな嫌味で、意地悪で、傲慢な男は嫌いなの」

「俺も見栄っ張りで、隙だらけで、間抜けな女は嫌いだな」

「よく言うわ、大好きなくせに」

「おまえこそな。俺に意地悪を言われるのが楽しみなんだろう」

「馬鹿言ってんじゃないわよ」

言い合いながら、私たちはたくさんキスをした。十二年間も我慢していた分を埋めるみたいに、何度も何度も唇を重ねた。

誓いのキスにしては多すぎるキスを終えると、名残惜しく身体を離す。猛烈に恥ずかしいところをぐっと堪え、私は腕を組んで豪に告げる。

「泊まるところ！　予約してるんだから、覚悟してよね」

私の偉そうな宣言に、豪が再び笑った。

「どう考えても、覚悟するのは翠の方だろう」

「う……」

結局その後、豪の言葉の通りになったわけだけれど、私はやっと素直になれた安堵《あんど》と、大好きな人と抱き合った幸せを感じ、眠りについたのだった。

エピローグ

季節は流れ、秋が来た。

鬼澤と黒瓦組の若頭は実刑が決まり、世を騒がせた現役事務次官の汚職スキャンダルは、一応の幕引きとなった。

情報提供者の長親健三郎は、書類送検に留まり、今も変わらぬ生活が送れているそうだ。

虎丸建設の会長も失脚し、娘婿は退職したという。娘夫婦には新しい環境で頑張ってほしいという長親氏の言葉を豪が教えてくれた。

「ちょっと待ってって言ってるでしょ」

私の苛立った声に、豪が面倒くさそうに振り向く。

「十一時に外出って決めただろう。時間を守れない翠が悪い」

「先にやっておかなければならないこともあるの。本当、自己中！」

財務省は特務局で、私と豪は今日もバディを組んで外出だ。ひとつの案件が終われば、次が待っている。

政界の金融の見張り人。特務局の仕事はけして表に出ないけれど、私たちにしか務まらない仕事だと思っている。

廊下を行く豪に並ぶ。恋人同士になっても、相変わらず彼は意地悪で偉そう。上から目線で私に指示を出すんだから、やっていられない。

「翠」

「何よ」

エレベーターホールに到着するなり、いきなり豪が私の脇腹を掴んだ。服の上から、むんずと容赦なく。

「ひぎゃっ！」

私はわけのわからない悲鳴をあげ、身体をよじらせる。

「何すんのよ！」

「何もしてない」

「小学生みたいなことしないで！」

私が仕返しに豪の背中をボコボコと叩いていると、エレベーターホールに現れたのは、主計局の風間さんだ。

「やぁだ。職場でイチャついてる馬鹿なカップルがいる」

面倒な人、出現！

さっと豪から距離を取りつつ、風間さんに会釈《えしゃく》する。

あなたこそ、職場で堂々と豪に迫っていたじゃないのよ。

「幸せオーラ、振りまかないでくれる？　高校生の頭の悪い彼氏彼女みたいよ」

風間さんが言う嫌味に、豪が頭を下げて答える。

「すみません。幸せすぎて、つい。以後気をつけます」

幸せすぎて、とか、さらっと言うんじゃないわよ。

私がイライラしていると、それ以上にイライラムカムカしている様子の風間さんは、口の端をひくつかせながら言う。

「あらあ、うまくいってるみたいで何よりだわ。斎賀も安泰ね」

「そうですね。式はまだ先ですが、年明けに結納が決まっていますので」

火に大量のゴマ油でも注ぎたいのか、豪は笑顔で答える。

あんた、馬鹿じゃないの？

「じ、時間！　間に合わない！　行こう！　……風間さん、失礼しますね」

豪を引っ立てるように、やってこないエレベーターは無視して、私は階段を下りることにした。

私に追い立てられて階段を下りながら、豪は楽しそうだ。

「たぶん彼女、男に振られたことがないんだよな。だから、俺に振られたのをいまだに引きずってる」

「まあ、このくらいの嫌味で済むなら、いいんじゃない？　っていうか、あんたが私のお腹をつままなければこんなことにはならなかったし、挑発するようなことを言わなければ彼女を怒らせなかったわよ」

「挑発？　俺はした覚えがない」

しれっと言う豪は本当に馬鹿だ。

私と豪は幸せで、そして年明けに結納をするのは本当のこと。だけど、いちいち自慢する？

結婚に向けて、私たちは動き始めてはいる。

式をもう何年か先にするということは、ふたりで決めた。私も豪も、今は特務局の仕事をメインで考えたい。たぶん結婚自体は三十歳頃、子作りは三十五歳頃までにチャレンジになると思う。

当然、豪のおじい様は怒っている。でも豪は、私と決めたことだからと突っぱねているみたい。

斎賀の跡取りを早く産ませたいあまりに、豪に愛人を作れとまで言ったそうだから、この先もちょっかいは出されそうだなぁ。

ひと筋縄でいくとは、私も思っていないけど。

私たちの関係は、この斎賀という因習によって結ばれた。

そこに愛情を生じさせたのは私と豪だ。だから、愛の分野に関して、誰かの指図は受けない。ふたりでそう決めた。

でも……。

「豪、やっぱり子どもはもう少し早く欲しいとかさぁ、あったら言ってね」

メトロの改札階に下りながら言うと、豪が驚いた顔をする。

「昼から積極的なことを脈絡なく言うな、翠」

そうね、私の頭の中だけで考えていたから、いきなり口にしたら脈絡がないわよね。

急に恥ずかしくなって、私は頭を掻き掻き、弁解する。

「いやさぁ、私の意見ばっかり尊重してくれるからさ。そういう要望は、相談して調整していきたいじゃない？」

「子どもが生まれれば、どうしたって翠の負担が増える。俺も手伝うが、どうしてもおまえの方がウエイトが重い。仕事もセーブしなければならないだろう。だから、翠はないの意見を尊重しただけだ」

豪は言葉を切って、それから言う。

「まあ、前も言ったが、子どもは授かりものだ。俺にも翠にも決められないものかもしれない。……本音を言えば、俺は翠と一緒にいられればいいから、あまりこだわりはない」

両想いになってから平気で甘い言葉を吐く豪には、いつも困ってしまう。

私が余計に照れて顔をそむけていると、豪が私の顎を掴み、くいっと引き寄せた。

「あまり昼から誘わないでくれ」

「誘ってません」

間近にある豪の顔を睨み、心外だという表情を作る。

「昼から子作りの話をするから」

「そんなことで、その気にならないで。脳が中学生?」

豪がクスッと笑った。

「仕方ないだろ。中学生の頃からの恋が叶ったばっかりなんだから」

真っ赤になっているだろう私の頬を撫で、手を離す。

改札は目の前。これから仕事。

キスしてほしいなんて到底ねだれないので、私は今夜ふたりきりになる機会を待たなければならなかった。

あいつは大嫌いな許嫁。

そして、大好きな大好きな、私の未来の旦那様。

番外編

許嫁をホテルに連れ込んでみた結果

「ちょ、待っ！　き！　聞いてない！」

高層階から見る海原は、反対側に沈む夕陽に照らされ、オレンジ色だ。進む船舶は小さく、遠くにレインボーブリッジも望める。大きな窓のついた綺麗な部屋を予約したのは私だ。

豪にプロポーズさせ、ホテルのレストランで遅めの昼食をとり、海辺を散歩し、首尾よくこの部屋までやってきた。

私にとっては最高の夜の始まりの予定だった。

豪の気持ちを聞き、私も彼に気持ちを伝えた。私たちは、形だけの婚約者じゃなくなったのだ。

やっと身も心も結ばれることができる。この部屋に入るまで、そう思ってきた。

シャンパンで乾杯して夜を待ち、それからゆっくり愛し合うのだと考えていた。

それなのに！

「そんなに暴れるな。ワンピースを破くわけにはいかない」

広々とした大きな窓の部屋に入るなり、豪は荷物を放り、私を抱きしめ、服を脱がそうとするのだ。

「ムード！　ムードがない！　なんでいきなり、しようとしてるのよ！　まだ明るいじゃない！」

「いきなりじゃない。ここまで我慢したし、まずは一緒にシャワーを浴びようと思ってるだけだ」

「散歩しながらそんなこと考えてたの⁉　しかも一緒にシャワーなんて、無理無理無理無理ーっ！」

叫ぶ私のワンピースの背中のファスナーは、すでに下ろされている。私は服を前側で抱え込むようにして暴れているのだ。

「無理じゃない。これからどうせ全部見る」

腹の立つことに、豪は器用に私のブラジャーのホックを外してしまう。これで背中から腰までは丸見えだ。

「夜の帳《とばり》が下りてから、暗い部屋で互いを探り合いながら優しく睦み合うってのが相場でしょうがぁ‼　初めての夜はぁ‼」

「おまえ、詩的に言ってるけど、それ結構エロい表現だぞ」

そう言って豪は自分のシャツを脱ぎ、ベルトも外してしまう。

待って！　まだ、豪の裸を見る覚悟もできてない！

「わわ、私の身体……たいしたことないから、ほ、ほ、本当に見せられない」

「翠のボディラインなら、春にジムで見てる。おまえが思うより身体の凹凸は、はっきり見えてたな。周りにスタイルがいいのを誇示してたぞ」

嘘……。私はよかれと思って最新のウェアを買ったのに。そんなに悪目立ちしていたの？

というか、豪、ちゃんと見ていたのね。

「服着てないのは……まだ無理……」

精いっぱい言い訳をするけれど、豪はしれっと言う。

「着衣プレイがいいのか？」

「言ってない！」

ふざけているのか大真面目なのかわからないけど、豪が余裕たっぷりなのが憎たらしい。

丸まりながら、この状況の回避に頭を使うものの、打開策が見つからない。

彼が平然と語りだす。

「大学生のとき、祭と、おまえの数少ない女友達何人かとプールに行っただろ。おまえは割と際どいビキニを着てた」

「際どくない！」

そういえば、そんなこともあったような。夏なのに楽しいイベントがない、翠の友達を集めてよーって祭がうるさくて……。

私は、あの年に流行していたフレアートップのビキニを着たはずだけど。

「胸元がヒラヒラしてて、体型の割にボリュームのある胸を強調してたな。へそは丸出しだし。あと、パンツのラインがローライズすぎて、どれほど周りの男から見られないように苦心したか……」

「そんなこと覚えてるの？」

「婚約者が美人でスタイルがいいと、苦労する」

わかってて言ってるのかしら。豪が私を喜ばせようとしてる？

豪の様子を窺い知ろうと、その顔をまじまじと見つめる。

手が緩んでいたのだろう。次の瞬間、彼が私の肩から、ワンピースをブラジャーごと引きずり落とした。

ストンと足元でわだかまる布地。呆気《あっけ》に取られ、口を開ける私。

「おまえの身体は充分、俺を惹きつけてる。安心しろ」

私の身体を抱き寄せた。パンツ一枚だ。裸の胸が、豪の裸のお腹に当たっている。

　恥ずかしくて死にそう。

バスタオルを私の背にかけ、豪は先にシャワールームへ向かう。自身のジーンズを脱ぎ捨てると、シャワーの蛇口をひねった。

「ほら、おいで。翠」

「豪、恥ずかしいよ」

「あんまり焦《じ》らさないでくれ。バスルームで抱いてしまいそうだ」

「そもそも、一緒にシャワーをやめればいいことでしょうが～」

　困って半泣きの私の腕を引くと、バスタオルがはらりと落ちた。

もうヤケだ。私は片手で下着を脱ぐと、そのままバスルームに飛び込んだ。

豪が私の身体を上から下まで眺めて言う。

「綺麗だ」

「まじまじ見ないで」

　そこで、はっと気づいた。豪は先週、肋骨を折ったばかりじゃないか！

「待って！　豪！　アバラは？　ヒビは？」

思い出したように豪も「あー」と頷いた。

それから私の手を捕まえ、自身の左胸の下あたりを触らせる。それだけで私はドキドキしている。

「この辺。身体をひねるのと、左手一本で身体を支えるのはきついけど、他はだいたい平気」

「思ったより、腫れたりはしてないのね」

それに包帯も何もしていない。こんなものなのだろうか。

「ヒビだけだしな。折れて、ずれてりゃ、コルセットだとか入院だとか、下手すりゃ手術……」

「ひえ。大事《おおごと》じゃない」

シャワーの水音の中、私はそっと豪の胸に顔をうずめ、裸の身体を豪の身体に押しつけた。右手で豪が怪我したあたりを撫でる。

「私のためにごめん。ありがとう」

「おまえの前でカッコつけたかっただけだ。気にするな」

豪が私の背をさすする。それは性的な触り方じゃなくて、子猫をあやすような優しい触れ方。

「まあ、あまり何度も遭遇したくはないな。心得のない人間が、有段者とは渡り合えない」

「その割に、うまく切り抜けたって六川さんが。あ、今度、警視庁の制圧術訓練に参加しないかって言ってたわよ。いい線いけるって」

「やめてくれ。六川さんは古巣かもしれないが、俺には新隊員レベルでしごかれる未来しか見えない」

「カッコいいとこ見せてよ～」

豪の胸に頬を押しつけ、クスクス笑うと、不意に彼の声のトーンが変わった。

「これから見せるつもりなんだけど」

「え」と顔を上げると、真剣な豪の表情。

真剣なだけじゃない。うっすらピンクに染まった頬、潤んだ瞳。それはたぶん、豪の中の欲が高まっているってことで。

「さっきから煽ってるって、気づいてないか?」

「そんな……つもりは……」

「可愛い顔で見上げて、身体を押しつけてくる。……誘ってるのは翠だな」

私のウエストを豪がさらりと撫でる。その触れ方の変化に、私だって気づいてしまう。彼は完全にその気だ。

「豪、怪我してるから……今日は」

「体位に気をつければ平気だ」

体位……。復唱することすら恥ずかしくて、眩暈がする。

名前を呼ぼうとしたら、口づけられた。甘い舌が滑り込んでくる。

そのままシャワーの中に引きずり込まれた。

温かなお湯と、豪のキスが降ってくる。首筋から鎖骨へ移動する唇に、思わず制止の声が漏れた。

「豪、駄目」

「駄目じゃない」

豪が私の唇に再びキスをして言った。

「もう待てない」

間近にある豪の瞳。

ああ、駄目。恥ずかしいなんて言っていられない。私もこの人が欲しい。

私は豪の首筋に顔をうずめ、そっと頷いた。

「あんたには負けないんだった。逃げないから、好きにすればいい」

「さすが俺の惚《ほ》れた女だ」

私たちはもう一度唇を重ね、それからお互いの身体に集中していく。

外は夕陽の美しい時間帯で、私は豪と夕焼けに照らされた海や橋を眺めるつもりだった。

今までのことや、これからのことを語り合いながら。幸せを噛みしめながら。

でも、そんなのもういい。何も考えられない。豪のことしか考えられない。

初めての夜は、ゆっくり始まっていった。

特別書き下ろし番外編

許嫁に溺愛されている今日この頃のお話

「結納を済ませたからといって、いつまでも結婚しないのは、あまりに甲斐性がないんじゃないか？　豪」

ゴロゴロと低く唸る雷のようなお小言をくれるのは、豪のおじい様、斎賀武蔵氏。

私と豪は、おじい様の真ん前で正座している。横には、特務局局長・斎賀 猛氏の姿がある。

本日、私と豪は斎賀本家に呼び出されている。

先々月、結納を終えたばかりだというのに、おじい様はまだまだ不満がいっぱいのご様子だ。

「何度も言っていますが、おじいさん、入籍も挙式もまだ俺たちには早いです」

「早いことがあるか。おまえは宗家の跡取りなんだぞ。一刻も早く嫡男をもうけなければならない」

そう、おじい様はずーっと言っている。早く結婚して子作りをせよ、ってね。

そして、この呼び出しも一度や二度じゃない。頻繁に私たちを招集してはお小言だ。

結納を早めたのも、おじい様を落ち着かせるためだったのに、効果なしなんだもの。まいっちゃうなあ。

「三十歳で結婚して、翠嬢が何人子どもを産めると思っている！」

「何人でも産みますよ」

ぼそっと返す私も、もうこの呼び出しに慣れすぎて、斎賀当主相手にぞんざいな受け答えをするようになってしまった。

いや、敵意は向けないわよ。笑顔ではいるわよ。

険悪な雰囲気にならないように、真心を込めた優しい微笑みを浮かべて続ける。

「豪さんのパートナーとしてお仕事ができるのが、本当に楽しいんです。当分はふたりでお仕事を頑張りたいと思っています」

「おまえさんの仕事はそれじゃない。子どもを産むことだ」

はっきりと言い渡されても、私はニコニコ。

「それは、豪さんと決めます」

正直言いまして、ほっといて！　お家問題が絡んでいようがなんだろうが、子作りというセンシティブなことを身内が騒ぎたてちゃいけないのよ。本来、夫婦が話し合い、望んで授かるものなんだから。

私がのれんに腕押しだとわかると、おじい様はぎろりと豪を睨む。未来の嫁をしつけられないのかと怒っている様子だ。

たぶん、また豪に愛人を持たせようと裏で画策してくるに違いない。

以前あったのだ。豪本人に、どんな女なら愛人にしたいか聞いてきたというのだから、驚きだ。

早く自分の直系の曾孫が欲しいのだろう。最近は良家のお嬢さんを何人も豪に紹介してくる。一族至上主義はどうしたのよ、まったく。

たぶん、今は自分の血を残すことが大事なんだろうと思う。自分の甥や姪に斎賀の中心を譲りたくないという妄執が、おじい様を突き動かしている。

でも、結納式で会った豪の大叔父《おおおじ》や大叔母は、嫌味ではなく、ぎらぎらと野心がある様子でもなかった。極端に局長や豪にすり寄ってくればわかりやすいけれど、普通の親戚といった距離感。おじい様の被害妄想みたいなものもあるんじゃないかしら。

「おじいさん、いい加減にしてください」

豪が断ち切るように口を開く。

「政界の金蔵を握ってきた斎賀を、俺も翠も守っていく覚悟はあります。後継をもうけることも大事ですが、もっと大事なことは、一族が一丸となって斎賀を繁栄させることでしょう」

静かに、だけど厳しい口調で祖父に向かって言う豪。

「俺に何かあっても、俺より下の世代も育っています。本家の人間は俺たちだけじゃないですし、春には分家筋から特務局に新人がふたり入ります。斎賀は安泰だとは思いませんか？」

「私の血を継ぐのは、おまえしかいないだろう」

はっきりと言うおじい様は、やはり自身の血のみを至上と思っているのだ。極論、私が豪の相手でなくてもいいってこと。

いや〜、恥ずかしげもなく公言しちゃっていいのかな〜なんて思っていたら、横から局長が口を挟む。

「お父さん、そりゃ違いますよ。斎賀はあなたじゃない。あなたも斎賀であるというだけだ」

「……何を？　猛、そもそもおまえが後継を作れば、こんなことにはなっておらん！」

怒りでわなわな震え、おじい様が怒鳴った。雰囲気がどんどん剣呑になっていく。

「おまえたちは、宗家を守るという価値観がわからんのか！」

「わかりません」

はっきりと豪が答えた。視線はまっすぐおじい様を見つめている。

「家族が大事なだけです。一族が栄え、その中で家族ひとつひとつが幸せであればいい。俺は父と母と猛さん夫妻が大事です。翠と作る家族が大事です。そして、おじいさん、あなたも大事だ。それだけですよ」

おじい様は怒りだすかと思ったけれど、ぐっと黙った。

豪が立ち上がる。私の腕も掴むので、一緒に立ち上がる格好になった。

「翠を傷つけるような差し金はやめてください。それだけです。あなたの孫として恥ずかしいことはしません」

それだけ言うと、私を引っ張るようにして退室した。視界の隅で局長が『あとは任せろ』的な目配せをしていた。

「よ、よかったの？」

斎賀本家を出て、そのまま豪の車に乗った。私の問いに彼は平然としている。

「あとは、猛さんがうまくまとめてくれるだろう」

車は滑らかに発進し、敷地を出ていく。

「じいさんが何をやりたくてもいいよ。でもな、俺に愛人を作らせようとしたりするのはよくない。翠に失礼だ」

「あら、あんたでも『失礼』なんて感覚があるのね」

「妻を尊重するのは当然だろう」

私はその気遣いにため息をつきながら、答える。

「豪がそんなことに応じないって知ってるから、平気。信じてるもん」

ちらりと私を横目で見て、豪が言う。

「ところで、今日は泊まっていけるのか？」

「は、話が飛躍しすぎ」

「せっかくふたりで過ごせる休日を、爺孝行で半分使ったんだ。残りは、俺に独占させてくれたっていいだろう？」

「明日、月曜だよ」

結納が済んでいるし、私と豪は名実ともに婚約している。両親だって、私が彼のところに泊まっていっても文句は言わない。職場の面々だって、私と豪が並んで出勤しても、誰も不自然には思わないだろう。

だけど、私が恥ずかしいんだってば！

今まで散々喧嘩してきた豪と仲良しだって、両親や先輩たちに認識されたくない！

「着替えは全部、俺の家にあるだろう」

「そうだけど」

「まあいい。とりあえず俺の家だ」

豪はそれ以上は迫ってこない。私にはわかる。部屋に入ったら、なし崩しで帰れなくされてしまう。それがわかっていて、抗えない自分も感じていた。

私だって、豪と過ごしたい気持ちはしっかりあるんだから。


勝手知ったる豪の部屋へ到着する。正式に恋人同士になってからは何度も来ているけれど、いつ来てもドキドキする。

「コーヒー淹れようか」

キッチンに入ろうとして、後ろから抱きすくめられた。

「駄目だ。そんな暇はない」

「豪、ちょっと」

「すぐにしたい」

くるりと身体が反転すると、目の前には豪の顔。情熱的な瞳に捕らえられ、動けなくなってしまう。近づいてくる唇を拒否なんかできない。

顔を傾け、キスを受け入れるときには、私も豪の背に腕を回していた。

「ベッドまでもたない」

「なんでそんなにせっかちなのよ」

「我慢できないんだ」

キスを繰り返しながら服を脱がし合う。抗議しようにも全部キスで封じられ、会話もままならないほど乱される。そのまま私たちはソファで愛し合った。


「翠、夕食どうする」

「ん～」

私はソファでブランケットにくるまり、キッチンにいる豪を眺めた。

午後に帰ってきて、今はもう夜。とっぷり日が暮れるまで愛を交わしていたことになる。

豪は冷蔵庫を開けて、中をチェックしている様子だ。

「パスタとか、簡単なものならできるぞ」

「それ、お願いします」

けだるい身体に、私はブランケットを巻き直す。

ふたりでいると、豪が食事を作ってくれることが多い。豪の部屋だから、料理に慣れない私がキッチンを汚しちゃまずいと思っているのもあるけれど、正直に言えば彼に甘えている。

「翠、スープくらい作ってくれてもいいんだぞ」

豪が言うので、私はぶんぶんと首を横に振った。

「遠慮する。誰かさんが長時間離してくれなかったから、身体、めちゃくちゃだるいもん」

「そうかそうか」

私が断ると知っていた様子で、豪は自分で小鍋を取り出している。

ちょっと、私がだるいの、あんたのせいですけど。

「あのねえ、豪はガツガツしすぎ。こっちは初心者なんだから、もう少し私に合わせてよ」

文句をつけると、豪がちらりとこちらを見て、ふっと笑った。

「ガツガツしたいんだよ。ようやくそういう関係になれたんだから」

その言葉は嬉しいけど、恥ずかしいのでソファに突っ伏し、唸った。

「あんまりがっつかれると、大事にされてない気がする」

完全に照れ隠しだった。豪がこのうえなく私を大事に扱ってくれていると知っている。それなのに恥ずかしくて、つい口をついて出てしまった。

あー、もう。こんなこと言いたいんじゃないのに～。

突っ伏したままでいると、背中に気配を感じる。

そおっと首を横に巡らせ、ソファから顔を上げると、ソファの横に膝をついた豪がいた。私を見つめる瞳は真摯な情熱を孕んでいる。

「大事にしたいと思ってる」

その言葉に、胸がとくんと鳴る。

「おまえのことは子どもの頃から気になって仕方ない。いつも憎まれ口ばかりたたいてしまうが、それをすべてとは思わないでほしい。そして、俺がおまえの身体に溺れきっているからといって、それを性欲のみと捉えないでほしい」

「豪」

わかってる。わかってるよ。こんなこと言わせてしまってごめん。

身体を起こした私を、豪がまっすぐに見つめた。

「翠を大事にしたい。いつだって、この先もずっと」

「豪、ありがとう。本当は大事にしてくれてるってわかってるよ。伝わってるからね」

私は豪の首に腕を回し、引き寄せた。

「大好き」

私たちは唇を重ねた。深く柔らかく気持ちを交わす。

豪、大好き。ずっとずっと一緒にいたい。

こんな気持ちになる日が来るなんて、想像もできなかった。自分は愛のない結婚をするのだと思っていた。今がすごく幸せ。豪が私を愛してくれて、私も豪を心から愛している。

「やっぱりね、一緒に住むのだけ、もうちょっと早めようか。いいよね。結納終わってるし」

キスを終え、私が言うと、豪が嬉しそうに微笑んだ。

「翠と二十四時間、一緒にいられるってことか。最高だな」

『二十四時間、一緒』という言葉に頬を赤くしていると、口づけられた。そのまま再びソファに押し倒される。

「翠、愛してる。独占させてくれ」

嬉しくてたまらないという表情の豪は、ちょっと幼い。そして可愛くて愛おしい。

「もう！　いいわよ。どうぞ、いくらでも」

私は豪を抱きしめ、ちょっとヤケクソ気味に答えた。
キッチンではお湯が沸く音が響き始めた。だけど、ＩＨコンロを止めてこないと。
だって、食事の前にもう少し、お互いを大事にし合う時間が必要みたいだから。

（おしまい）

あとがき

こんにちは、砂川雨路です。『不本意ですが、エリート官僚の許嫁になりました』をお読みいただきありがとうございました。

ベリーズ文庫では十冊目の書籍になります本作ですが、楽しんでいただけましたでしょうか？　いつもあとがきを書きながら、不安な気持ちになってしまいます。

今回は、不仲な許嫁との恋愛バトルストーリーをお届けしました。お互い嫌いじゃないのに素直になれない。こじれにこじれたふたりが奮闘すればするほど、関係はこじれていくという……。私自身はとても楽しく書けました。

なお、作中に出てくる特務局などなどの用語は、すべて創作です。こんなお仕事があったら面白いなあと設定しました。

そして、本編が喧嘩ばかりだったので、番外編は少々甘めに書かせていただきました。こちらも併せてお楽しみください。

喧嘩するほど仲がいいふたりのラブストーリー、たまにはこんなテイストもいかがでしょうか？

最後になりましたが、本書を書籍化するにあたりお世話になりました皆様にお礼申し上げます。

とっても可愛い翠と、イケメンすぎてクラクラしそうな豪を描いていただきました弓槻みあ先生、ありがとうございました。カバーをお願いするのは三度目ですが、今回も最高でした！

デザイナーの菅野様、いつも本当にありがとうございます。

常に味方でいてくれ、親身になってくれる担当の三好様、矢郷様にもお礼申し上げます。おふたりのおかげで、また新たなラブストーリーを送り出すことができました。そして、いつも楽しんでくださる読者様あっての本書です。応援、本当にありがとうございます。励みになっております。

まだまだ書き続けます。次回作でお会いできることを祈って。

砂川《すながわ》雨路《あめみち》

砂川雨路先生への
ファンレターのあて先

〒104-0031
東京都中央区京橋1-3-1
八重洲口大栄ビル7F
スターツ出版株式会社　書籍編集部　気付

砂川雨路先生

本書へのご意見をお聞かせください

お買い上げいただき、ありがとうございます。
今後の編集の参考にさせていただきますので、
アンケートにお答えいただければ幸いです。

下記URLまたはQRコードから
アンケートページへお入りください。
https://www.berrys-cafe.jp/static/etc/bb

不本意ですが、エリート官僚の許嫁になりました

2019年12月10日　初版第1刷発行

著　者　砂川雨路
©Amemichi Sunagawa 2019
発行人　菊地修一
デザイン　カバー　菅野涼子（説話社）
フォーマット　hive & co.,ltd.
校　正　株式会社　文字工房燦光
編集協力　矢郷真裕子
編　集　三好技知（説話社）
発行所　スターツ出版株式会社
〒104-0031
東京都中央区京橋1-3-1　八重洲口大栄ビル7F
TEL　出版マーケティンググループ　03-6202-0386
（ご注文等に関するお問い合わせ）
URL　https://starts-pub.jp/
印刷所　大日本印刷株式会社

Printed in Japan

乱丁・落丁などの不良品はお取替えいたします。
上記出版マーケティンググループまでお問い合わせください。
定価はカバーに記載されています。

ISBN 978-4-8137-0808-7　C0193

ベリーズ文庫 2019年12月発売

『不本意ですが、エリート官僚の許嫁になりました』 砂川雨路《すながわあめみち》・著

財務省勤めの翠と豪は、幼い頃に決められた許嫁の関係。仕事ができ、クールで俺様な豪をライバル視している翠は、本当は彼に惹かれているのに素直になれない。豪もまた、そんな翠に意地悪な態度をとってしまうが、翠の無自覚なウブさに独占欲を煽られて…。「俺のことだけ見ろよ」と甘く囁かれた翠は…!?

ISBN 978-4-8137-0808-7／定価：本体640円＋税

『独占溺愛～クールな社長に求愛されています～』 ひらび久美《くみ》・著

突然、恋も仕事も失った詩穂。大学の起業コンペでライバルだった蓮斗と再会し、彼が社長を務めるIT企業に再就職する。ある日、元カレが復縁を無理やり迫ってきたところ、蓮斗が「自分は詩穂の婚約者」と爆弾発言。場を収めるための嘘かと思えば、「友達でいるのはもう限界なんだ」と甘いキスをしてきて…。

ISBN 978-4-8137-0809-4／定価：本体650円＋税

『かりそめ夫婦のはずが、溺甘な新婚生活が始まりました』 田崎《たさき》くるみ・著

新卒で秘書として働く小毬は、幼馴染みの将生と夫婦になることに。しかし、これは恋愛の末の幸せな結婚ではなく、形だけの「政略結婚」だった。いつも小毬にイジワルばかりの将生と冷たい新婚生活が始まると思いきや、ご飯を作ってくれたり、プレゼントを用意してくれたり、驚くほど甘々で…!?

ISBN 978-4-8137-0810-0／定価：本体670円＋税

『極上御曹司は契約妻が愛おしくてたまらない』 紅《くれない》カオル・著

お人好しOLの陽奈子はマルタ島を旅行中、イケメンだけど毒舌な貴行と出会い、淡い恋心を抱くが連絡先も聞けずに帰国。そんなある日、傾いた実家の事業を救うため陽奈子が大手海運会社の社長と政略結婚させられることに。そして顔合わせ当日、現れたのはなんとあの毒舌社長・貴行だった！

ISBN 978-4-8137-0811-7／定価：本体650円＋税

『【極上旦那様シリーズ】俺のそばにいろよ～御曹司と溺甘な政略結婚～』 若菜《わかな》モモ・著

パリに留学中の心春は、親に無理やり政略結婚をさせられることに。お相手の御曹司・柊吾とは以前パリで会ったことがあり、印象は最悪。断るつもりが「俺と契約結婚しないか？」と持ち掛けてきた柊吾。ぎくしゃくした結婚生活になるかと思いきや、柊吾は心春を甘く溺愛し始めて…!?

ISBN 978-4-8137-0812-4／定価：本体670円＋税

タイトル、価格等は変更になることがございますのでご了承ください。

ベリーズ文庫 2019年12月発売

『明治禁断身ごもり婚〜駆け落ち懐妊秘夜〜』　佐倉《さくら》伊織《いおり》・著

子爵令嬢の八重は、暴漢から助けてもらったことをきっかけに警視庁のエリート・黒木と恋仲に。ある日、八重に格上貴族との縁談が決まり、ふたりは駆け落ちし結ばれる。しかし警察に見つかり、八重は家に連れ戻されてしまう。ところが翌月、妊娠が発覚!?　八重はひとりで産み、育てる覚悟をするけれど…。

ISBN 978-4-8137-0813-1／定価：本体650円＋税

『破滅エンドまっしぐらの悪役令嬢に転生したので、おいしいご飯を作って暮らします』　和泉《いずみ》あや・著

絶望的なフラれ方をして、川に落ち死亡した料理好きＯＬの莉亜。目が覚めるとプレイしていた乙女ゲームの悪役令嬢・アーシェリアスに転生していた!?　このままでは破滅ルートまっしぐらであることを悟ったアーシェリアスは、破滅フラグを回避するため、亡き母が話していた幻の食材を探す旅に出るが…!?

ISBN 978-4-8137-0814-8／定価：本体640円＋税

『異世界にトリップしたら、黒獣王の専属菓子職人になりました』　白石《しらいし》まと・著

和菓子職人のメグミは、突然家族ごと異世界にトリップ！　異世界で病気を患う母のために、メグミは王宮菓子職人として国王・コンラートに仕えることに。コンラートは「黒獣王」として人々を震撼させているが、実は甘いものが大好きなスイーツ男子！　メグミが作る和菓子は、彼の胃袋を鷲掴みして…!?

ISBN 978-4-8137-0815-5／定価：本体650円＋税

ベリーズ文庫 2020年1月発売予定

Now Printing

『【極上旦那様シリーズ】綾香お嬢様は愛されたい　政略結婚なんてお断りですわ』　滝井《たきい》みらん・著

箱入り令嬢の綾香は、大企業の御曹司・蒼士との政略結婚が決まっていた。腹黒な彼との結婚を拒む綾香に、蒼士は『君に恋人が出来たら婚約を破棄してあげる』と不敵に宣言！　ところが、許婚の特権とばかりに彼のスキンシップはエスカレート。未来の旦那様のイジワルな溺愛に、綾香は翻弄されっぱなしで…!?

ISBN 978-4-8137-0822-3／予価600円＋税

Now Printing

『ブルーブラック』　宇佐木《うさぎ》・著

OLの百合香は、打ち上げの翌朝、記憶がない状態でメモを見つける。それは家まで送ってくれたらしい、クールで苦手な上司・智の筆跡だった。彼への迷惑を詫びると「きみを送り届けた報酬をもらう」と、突然のキス！　それ以降、ふたりきりになるとイジワルに迫る智に翻弄されつつ、独占愛に溺れていき…!?

ISBN 978-4-8137-0823-0／予価600円＋税

Now Printing

『策士な御曹司は新米秘書を手放さない』　円山《まるやま》ひより・著

受付嬢の澪は突然、エリート副社長・九重遥の専属秘書に任命される。さらには彼につきまとう女性たちを追い払うため、同居する恋人役も引き受ける羽目に!?　対外的には物腰柔らかな王子、中身は傲慢な遥に反発しつつ、時折見せる優しさに心揺れる澪。ある晩、遥が「俺を男として意識しろ」と甘く迫り…。

ISBN 978-4-8137-0824-7／予価600円＋税

Now Printing

『懐妊ラブ』　兎山《とやま》もなか・著

秘書の綾乃は、敏腕社長の名久井から「何でも欲しいものをやる」と言われ、思わず「子供が欲しいです」と口走ってしまう。ずっと綾乃を想っていた名久井は、それを恋の告白だと受け取り、ふたりは一夜を共に…。そして後日、綾乃の妊娠が発覚！　父親になると張り切る名久井に、綾乃はタジタジで…。

ISBN 978-4-8137-0825-4／予価600円＋税

Now Printing

『極上CEOの真剣求愛包囲網』　水守《みずもり》恵蓮《えれん》・著

CEO秘書の唯は、恋愛に奥手で超真面目な性格。若くして会社を大成功させたイケメンCEOの錦は女性にモテモテだが、あの手この手で唯を口説いてくる。冗談だと思っていたが、ある日落ち込んでいる唯に対し、いつもとは違う真剣モードで「俺にしておけと」と迫る錦に、唯は思わず心ときめいて…!?

ISBN 978-4-8137-0826-1／予価600円＋税

タイトル、価格等は変更になることがございますのでご了承ください。

ベリーズ文庫 2020年1月発売予定

『イリスの選択』 吉澤《よしざわ》紗《さ》矢《や》・著

Now Printing

令嬢のイリスは第六皇子のレオンと結婚したが、とある事情から離れ離れに。悲しみに打ちひしがれるイリスだが、妊娠が発覚！　他国で出産し、愛娘と共に細々と暮らしていたが、ある日突然レオンが現れて…!?　ママになっても愛情をたっぷり注いでくるレオンに、イリスはドキドキが止まらなくて…。

ISBN 978-4-8137-0827-8／予価600円＋税

『転生王女のまったりのんびり!?異世界レシピ3』 雨宮《あまみや》れん・著

Now Printing

人質として送られた帝国で料理の腕が認められ、居場所を見つけたヴィオラ。苺スイーツを作ったりしながらのんびり暮らしていたが、いよいよ皇子・リヒャルトとの婚約式が正式に執り行われることに。しかも婚約式には、ヴィオラを疎んでいた父と継母のザーラが来ることになり…!?　人気シリーズ第三弾！

ISBN 978-4-8137-0828-5／予価600円＋税

『嫌われたい悪役令嬢は、王子に追いかけられて困っています』 瑞希《みずき》ちこ・著

Now Printing

才色兼備のお嬢様・真莉愛は、ある日大好きな乙女ゲームの悪役令嬢・マリアに転生してしまう。今までは無理して真面目ないい子を演じてきたが、これからは悪役だから嫌われ放題好き放題！　みんなが狙うアル王子との結婚も興味なし！…のはずが、なぜかアル王子に気に入られて追いかけられるはめに…!?

ISBN 978-4-8137-0829-2／予価600円＋税